이러지도 저러지도

못하는 당신에게

이러지도 저러지도 못하는 당신에게

강주원 산문집

비로소

사람이 가장 힘들 때는

이게 아니라는 걸 알면서도

그걸 할 수밖에 없을 때입니다.

선택 앞에서

주저하는 당신에게

한 마디 조언

그만둠 앞에서 고민하는 사람들에게
딱 한 마디의 조언을 해줄 수 있다면,
나는 이렇게 말해주고 싶다.

그만두거나,
그만두지 않을 거면 그만큼 감수하거나.

선택을 대하는 태도

놓쳐버린 버스는 다시 잡아 세울 수 없다. 깨져버린 유리잔은 다시 조립할 수 없다. 엎지른 물은 다시 주워 담을 수 없다. 선택도 그렇다. 선택한 순간, 그 선택은 돌이킬 수 없다.

버스를 놓쳤다면 다음 버스를 기다렸다 타면 된다. 잔이 깨졌다면 깨진 유리 조각을 치우고 새로운 잔을 사면 된다. 엎지른 물은 걸레로 닦아내고 다시 따르면 된다. 선택도 그렇다. 한 번의 선택이 잘못됐다고 해서 인생이 끝나는 건 아니다. 후회스러운 선택은 깔끔히 정리하고, 새로 선택하면 된다.

돌이킬 수 없어 뼈아픈 게 선택이지만, 언제든 새로

시작할 수 있어 희망적인 것 또한 선택이다. 돌이킬 수 없는 과거의 선택보다 앞으로 나아갈 미래의 선택에 집중하는 것. 그게 선택을 대하는 바람직한 태도 아닐까.

포기하긴 이르다.
과거의 선택이 아픈 결과를 낳았을지라도,
새로운 선택으로 만회할 수 있으니까.

터닝 포인트

“당신의 인생을 바꿨다거나, 지금의 당신을 있게 한 터닝 포인트가 있나요?”

사람들에게 터닝 포인트를 묻곤 했다. 그들의 답에서 내 삶의 해답을 찾으려 했다. 그러다 무언가를 깨닫고 나서부터는 더 이상 이 질문을 하지 않게 됐다. 그런데 요즘은 사람들이 내게 묻는다. 당신의 터닝 포인트는 무엇이냐고. 그럼 나는 이렇게 대답한다.

“저도 예전엔 그 질문을 많이 했어요. 내게도 인생을 바꿀만한 터닝 포인트가 찾아오길 바랐죠. 하지만 제 인생을 바꿀만한 단 하나의 사건은 존재하지 않는다는 걸 깨달았어요. 갑자기 인생을 확 바꿀만한 터닝 포인트는 없다는 걸 깨달았죠.

제가 했던 모든 선택, 과거의 작고 큰 선택들이 쌓이고 쌓여 현재라는 결과물이 생긴다는 걸 깨달았어요. 단 한 번의 선택이 아니라 수많은 선택이 얽히고설켜 지금의 나라는 결과물이 만들어진 거죠.

아까 제가 터닝 포인트가 없다고 말했나요? 정정할게요. 제 모든 선택의 순간이 제 삶의 터닝 포인트라고 말씀드릴 수 있겠네요."

이렇게 말하면 사람들은 다소 실망한 표정을 짓는다. 아마 그들이 기대한 답은 아니었을 것이다. 나도 그들에게 만족스러운 답을 주고 싶지만 그럴 수 없다. 지금의 내 삶은 매 순간의 선택이 쌓이고 쌓여 만들어진 거라고 믿기 때문이다. 인생은 단 하나의 사건으로 뒤집힐 만큼 가벼운 게 아니라는 걸 믿기 때문이다.

어느 한순간이 아니라

매 순간이 터닝 포인트라는 진실을 깨닫는다면

단 하루도 허투루 살 수 없다.

모든 걸 버틸 필요는 없다

버티는 게 능력이라고 생각할 때가 있다. 마흔이 넘는 나이에 아르바이트를 하며 연극 무대에서 공연을 하다가 뒤늦게 스크린에 데뷔해 이름을 알린 배우를 볼 때 그렇다. 직원들에 대한 책임감으로 매일 밤을 새우며 헌신한 끝에 사업에 성공을 거두고 눈물을 흘리는 누군가를 볼 때 그렇다.

버티는 게 어리석다고 생각할 때가 있다. 이곳이 아니면 다른 기회는 없을 거라는 막연한 생각 때문에, 이게 아니란 걸 명확히 알면서도 억지로 버텨내는 누군가를 볼 때 그렇다. 스트레스로 인해 몸이 망가질 대로 망가져서 위험한 상태인데도 단지 어쩔 수 없다는 생각에, 병원과 약에 의지하며 삶을 버텨내는 누군가를 볼 때 그렇다.

버티는 게 돈이 될 수도 있지만, 버티는 게 독이 될 수도 있다. 모든 일을 억지로 버티는 건 어리석은 일이다. 밑도 끝도 없이 버텨야 성공한다는 사람들의 말을 믿고 삶에 독이 되는 일을 억지로 버티고 있는 건 아닌지 돌아볼 필요가 있다.

누군가는 목적을 위해 끈기를 발휘하는 동안,
누군가는 목적 없이 억지로 버틴다.

균형잡기

남들의 부러움을 사는 회사에 다닌 적이 있다. 하지만 반복되는 일상에서 오는 권태로움을 견딜 수 없었다. 아침 일찍 마주하는 지옥철, 아침부터 들려오는 선배의 잔소리, 똑같은 업무, 똑같은 사람. 매일 똑같은 일상이 반복됐다. 권태로움이 극에 달했을 때, 난 회사를 그만뒀다.

회사를 그만두고 내가 하고 싶은 일을 했다. 사람들을 만나 그들의 고민과 내 고민을 나눴다. 그게 내가 하고 싶은 일이었다. 행복했다. 하지만 행복과는 별개로 불안이 찾아왔다. 줄어가는 통장 잔고를 바라보며, 다음 달 월세를 걱정하며 불안은 점점 커졌다. 불안이 극에 달했을 때, 나는 회사로 돌아갔다. 또다시 권태를 택한 것이다.

권태로운 사람들은 그 상황을 벗어나고자 한다. 하지만 다음에 찾아올 불안은 생각하지 않는다. 반대로 불안을 벗어나고자 하는 사람들은 이후에 찾아올 권태로움을 생각하지 않는다.

권태를 끝낸다고 마냥 행복이 찾아오는 건 아니라는 것. 자신이 가지고 있는 불안을 해소한다고 마냥 즐겁지는 않을 거라는 것. 우린 항상 권태와 불안 사이를 왔다 갔다 하며 둘 사이의 어느 지점에 서 있을 수밖에 없는 존재라는 것. 그래서 중요한 건, 그 사이에서 균형을 잃지 않고 나아가는 것이라는 말을 하고 싶었다.

양극단의 감정에서 내린 선택은
보통 짙은 후회를 남긴다.

꿈이 현실이 되면 과연 행복할까

공간을 얻는 게 꿈일 때가 있었다. 매달 입장료 없는 토크쇼를 기획해서 진행했는데, 공간을 무료로 대여해 주는 곳을 찾느라 진이 빠졌기 때문이다. 우리만의 공간만 있으면 뭐든 다 할 수 있을 것 같았다. 약 2년 동안 공간을 얻기 위해 사방팔방으로 뛰어다녔다. 그 결과 기적적으로 한 카페를 운영할 수 있었다.

꿈이 현실이 됐다. 다니던 직장을 그만두고 카페를 운영했다. 1년은 이상으로 가득했다. 현실적 어려움은 눈에 보이지 않았다. 1년이 더 지났다. 단단했던 이상에 작은 균열이 생겼다. 그 작은 균열을 현실이 파고들기 시작했다. 쉽지 않았다. 처음에 품었던 이상은 잊은 지 오래였다. 현실을 버텨내느라 정신이 없었다. 1년이 더 지났다. 아무리 생각해 봐도 답은 하나였다. 꿈을 내려놓는 것이었다. 3년간 가까스로 버텼던 나는 결국 그만두고 말았다.

꿈이 현실이 되는 순간은 정말 행복했다. 하지만 그 순간은 영원하지 않았다. 꿈이 현실이 되고 나니, 꿈을 지키기 위해 현실과 맞서 싸우는 나날이 계속됐다. 현실의 벽은 생각보다 높았고, 그 벽을 뛰어넘을 능력이 내겐 충분치 않았다. 시간이 지날수록 현실이 된 꿈은 점차 희미해졌고, 희미해진 자리에 남은 건 냉혹한 현실뿐이었다. 꿈이 현실이 된다고 해서 내 남은 인생이 행복해지는 건 아니었다.

꿈을 향해 가는 과정에선 행복했지만, 꿈을 이루고 난 이후의 삶은 전보다 별로였다. 하지만 단 한 번도 후회한 적은 없다. 그 과정에서 많은 걸 배웠다. 현실을 제대로 마주할 수 있었다. 이상만으론 현실과 제대로 맞서 싸울 수 없다는 사실도 깨달았다. 3년간 카페를 운영하며 처음으로 균형에 대해서 생각해 볼 수 있었다. 카페를 운영하는 내내 행복했다고 말할 순 없겠지만, 고군분투했던 3년이 날 성장시켰다는 건 부정할 수 없다.

꿈이 현실이 되면 과연 행복할까? 이 질문에 대한 답은 잘 모르겠다. 순간의 행복이 계속 이어질 수도 있고, 순간의 행복이 고통으로 변할 수도 있다. 하지만 이렇게 말할 수는 있을 것 같다. 꿈이 현실이 되면 전과 다른 세상을 마주하게 될 거라고. 그 세상을 통해 나라는 사람은 더욱 성장할 거라고. 그렇게 성장한 나는, 또다시 새로운 꿈을 꾸게 될 거라고.

행복은 꿈의 끝자락에서 기다리고 있는 게 아니다.
꿈을 향해 걸어가는 길 곳곳에 숨어 있다.

초심

타인에게 자꾸 초심 잃었다고 딴지 거는 사람들이 있다. 초심이 뭐가 그렇게 중요한지 잘 모르겠다. 세상 만물이 그렇듯 마음도 언제든 변할 수 있는 건데 왜 꼭 초심을 지켜야 하는 걸까? 내가 생각하기엔 이미 변한 마음을 초심 때문에 억지로 쥐고 있는 게 훨씬 안 좋은 일인 거 같은데.

초심이 변하는 건 자연스러운 일이다.
변한 마음을 부정하는 게 부자연스러운 일이지.

더 나은 선택

이보다 더 나은 직장이 있진 않을까, 하는 막연한 생각에 퇴사하고 2년 동안 다시 취업하지 못해 고생하는 사람의 이야기를 들었다.

지금 만나는 사람보다 더 괜찮은 사람이 있진 않을까, 하는 어리석은 생각 때문에 이별을 선택하고 오랜 기간 그 사람을 잊지 못하는 사람의 이야기도 들었다.

내가 선택한 것보다 더 나은 게 있진 않을까, 하는 막연한 생각에 지금의 선택에 집중하지 못하는 사람은 결국 후회한다. 지금과 다른 삶을 꿈꾸지만, 과거의 선택이 최선이었음을 곧 깨닫고 과거를 그리워한다. 하지만 절대 돌아갈 수 없음을 깨닫고 뼈저리게 후회한다.

더 나은 게 있지 않을까, 하는 마음에 우린 소중한 것들을 놓치고 만다. 더 나은 선택이란 없다. 당신이 한 선택이 유일한 선택이다. 그 선택에 믿음을 주고 그 믿음을 확신으로 키워가는 게 후회를 남기지 않는 방법이다.

인간은 자신이 선택하지 못한 것에 대한
미련 때문에 그릇된 선택을 한다.

자기기만

회사에 다니고 있으면서 나는 여기 있어야 할 사람이 아니야, 라는 마음을 품은 사람과 함께 하는 건 참 힘든 일이다. 그런 사람에게 왜 퇴사하지 않느냐 물으면 많은 이유를 댄다. 하지만 이유들을 종합해 보면 퇴사할 용기가 없어서, 라는 결과가 나온다.

회사 일에 전념하는 사람은 멋있다. 회사는 수단으로, 자신이 꿈꾸는 일은 목적으로 잘 분리해 나아가는 사람 또한 멋있다. 새로운 꿈을 향해 걸어가고자 과감히 퇴사하는 사람 또한 멋있다. 하지만 몸은 회사에 있으면서, 다시 말해 자신이 회사에 다닌다는 선택을 했으면서 생각은 다른 곳에서 떠도는 사람은 자기뿐만 아니라 남들도 피곤하게 만들 뿐이다.

하기 싫다면서도 그만두지 않는다는 건
그 일을 계속 하기로 선택했다는 뜻이다.

다른 꿈에 사는 것뿐

배우를 하다 평범한 직장에 들어간 사람을, 창업하다 월급쟁이가 된 사람을, 예술가의 삶을 살다 밥벌이를 하는 사람을 실패의 시선으로 바라보는 사람들이 있다. 과거의 꿈과 다른 삶을 사는 사람을 실패했다고 생각하는 사람들이 있다. 도대체 왜 그렇게 생각하는지 모르겠다.

그들은 단지 과거의 꿈을 버리고,
새로운 꿈에 사는 사람들인데.

꿈은 언제든 지울 수 있다.
그리고 언제든 다시 쓸 수 있다.

그냥, 그냥

대학을 졸업하기 전, 기숙사 침대에 누워 혼자 중얼거렸다. "이대로 졸업하려니 좀 아쉽다. 꼭 해보고 싶었는데 못 해본 게 뭐가 있을까?" 순간 내 머리를 스쳐 지나간 게 있었다. 번지점프였다. 항상 결심만 하고 도전해 본 적은 없었다. 내가 있는 곳에서 가장 가까운 번지점프장은 고작 한 시간 거리에 있었다. 그토록 번지점프를 뛰고 싶었으면서 그렇게 가까운 곳에 있는 번지점프장에 왜 가지 않았을까. 딱히 이유가 없었다. 그렇다면 지금 당장 가지 않을 이유도 없었다. 난 친구들에게 전화를 걸어 이렇게 말했다. "야, 번지점프 뛰러 가자."

기다릴 필요가 없었다. 며칠 뒤, 나는 친구의 차를

타고 국내에서 가장 높다는 내린천 번지점프장을 찾았다. 겨울이라 바람이 거칠었다. 강은 꽁꽁 얼어 있었다. 내가 생각했던 것보다 살벌했다.

두 명은 포기하고 두 명은 타기로 했다. 나는 당연히 후자였다. 그런데 타기로 했던 한 명도 번지점프대에 올라가기만 하고 결국 뛰지 못하고 돌아왔다. 나는 친구에게 한심하다는 표정을 보이고 '뭐가 그렇게 겁이 난다고 그걸 못 뛰어.'라는 생각으로 번지점프대에 섰다.

번지점프대에 서니 누군가 내 발목을 꽉 움켜잡았다. 보이지 않는 손이 내 발목을 잡고 놔주질 않았다. 도저히 뛸 수 없었다. 나는 뒤로 물러나 안전요원에게 말했다. "도저히 제자리에서 못 뛸 거 같은데 앞으로 달려가면서 뛰어도 되나요?"

그는 알아서 하시라고 대답했다. 나는 슬금슬금 뒤

로 물러났다. 그리고 마음을 진정시키고자 심호흡을 하고 있는데 안전요원이 갑자기 카운트를 외쳤다.
"3, 2, 1, 번지."

나는 얼떨결에 앞으로 달려 나갔다. 번지점프대에서 뛰려는 순간 누군가 또 한 번 내 발목을 잡았지만, 관성의 법칙으로 인해 떨어지고 말았다. 원래 두 팔을 활짝 펴고 멋진 구호를 외치며 뛰고 싶었는데, 그냥 떨어졌다. 떨어지는 데 걸린 시간은 약 3초밖에 안 됐지만, 30분처럼 길게 느껴졌다. 한참을 떨어지는 거 같더니 출렁하는 느낌과 함께 나는 하늘 위로 떠 올랐다. 그제야 정신이 돌아왔다. 시공간이 뒤집히는 듯한 짜릿함과 함께 벅찬 가슴이 부풀어 올라 터질 것만 같았다.

태어나서 그렇게 짜릿하고 아찔하고 스릴 넘치는 경험은 처음이었다. 번지점프가 끝나고 나서도 흥분이 가라앉질 않았다. 친구들에게 계속 이런 말을 되풀

이했다. "야, 대박! 이걸 왜 이제 했을까?"

그러게. 이걸 왜 이제 했을까. 번지점프를 미룬 이유는 없었다. 굳이 이유를 달자면 그냥 미룬 거였다. 하고 싶지만, 그냥, 귀찮아서, 마음만 먹고 움직이지 않아서 미룬 거였다. 아직도 그때의 설렘과 아찔함과 짜릿함이 생생하다. 번지점프는 내가 대학교 때 했던 일 중, 가장 기억에 남는 순간이다. 하마터면 놓칠 뻔한 추억을 만들 수 있었던 건, 이유 없이 미뤄뒀던 일을 더는 미루지 않고 그냥 했기 때문이다.

떠올려 보면 하고 싶은 일이 있는데 아무 이유 없이 미루고 있는 것들이 많다. 만남, 여행, 선물, 도전…. 도대체 왜 미루고 있는지 모를 것들 투성이다. 이유 없이 미루고 있는 것들이 더 늘어나기 전에 그냥 한 번 해보는 게 좋지 않을까. 어쩌면 '그냥' 하는 게, 최고의 순간을 만들 수 있는 최선의 방법이지 않을까.

때론 '그냥'이란 단어 하나가

행동을 이끌고 잊지 못할 추억을 만든다.

도전엔 많은 이유가 필요하지 않을지도 모른다.

오늘만

나는 언제든 죽을 수 있다.

내가 죽기 전, 깨닫고 싶은 사실이다. 내 의지와 상관없이 지금 당장이라도 죽을 수 있는 게 인생이며, 인생은 원래 그렇게 부조리하다는 걸 머리가 아니라 가슴으로 깨닫고 싶다. 삶이 영원하다고 생각하며 미래를 그리다 현재를 낭비하는 미련한 짓을 그만두고 싶다. 과거나 미래가 아니라 현재를 온전히 살아가고 싶다.

삶의 유한성을 가슴 깊이 깨닫는다면
삶은 지금 당장 바뀔 것이다.

아끼려다

내가 아껴왔던 것을 시작하는 타이밍은 내가 견디고 있는 것을 끝내는 시점이 아니라 무언가를 하고 싶다는 마음이 드는 순간, 바로 그 순간이다.

내 마음속 우선순위는 항상 현실에서의 우선순위에 밀려 있었다. 그런데 현실을 돌보다 나중에 마음속 고이 간직해 뒀던 것을 꺼내 보니 빛이 바래서 더는 쓸 수 없는 것이 돼 있더라. 아끼려다, 아까워지더라.

우린 '나중'이라는 기약 없는 약속으로
소중한 현재를 끊임없이 속인다.

일단

여행을 가는 가장 쉬운 방법은 일단 비행기 표를 끊는 것이다. 그리고 그 날짜에 맞춰 내 일정을 조정하는 것이다. 지금 내게 주어진 일, 앞으로 내게 주어질 일, 이것저것 다 신경 쓰다 보면 여행은 계속 미뤄진다.

여행뿐만 아니라 하고자 하는 일 또한 그렇다. 내가 하고 싶은 일을 하는 가장 쉬운 방법은 일단 그 선택을 하는 것이다. 잡다한 일들을 고려하다가 선택을 미루는 게 아니라, 내가 하고자 하는 일을 중심에 두고 잡다한 것들을 조정해야 한다. 그래야 미뤄지지 않는다. 그래야 시작할 수 있다.

도전하는 방법은 간단하다.

결과는 생각하지 않고 일단 선택하는 것이다.

좋은 결과를 만드는 방법 또한 간단하다.

선택을 옳게 만들기 위해 최선을 다하는 것이다.

나이 탓

나이는 참 좋은 변명거리였다. 요새 체력이 부족한 이유를, 딱히 하고 싶은 일이 생기지 않는 이유를, 종일 무기력한 이유를 모두 나이 때문이라고 하면 참 편했다. 나이만큼 좋은 변명거리가 없었다. 모든 원인을 나이 때문이라고 생각하고 아무것도 하지 않으니 진짜 나이를 먹는 느낌이었다. 몸은 축 처지고, 체력은 바닥이 나고, 때론 내가 눈뜬 시체처럼 느껴졌다. 나이는 참 쉬운 변명이었지만, 그 변명은 날 독으로 빠뜨렸다.

식단을 바꿨다. 가벼운 운동을 매일 했다. 술을 끊었다. 독한 마음을 품은 게 아니라, 내가 빠진 독에서 헤어 나오고 싶어 발버둥 친 것이었다. 식단을 바꾸니 체력이 좋아졌다. 매일 턱걸이를 했더니 몸이 좋아졌다. 술을 거의 마시지 않았더니 정신이 맑아졌다. 예전보다 스트레스가 줄었다. 새로운 일을 꾸미게 되고, 새로운 삶을 꿈꾸게 됐다. 무엇보다 아침에 일어나는 게 죽기보다 싫었는데, 요즘은 아침에 살아있는 나를 본다.

습관처럼 나이 탓이라며 변명하던 내 모습을 회상한다. 엄연히 말하면 나이 탓이 아니었다. 나이를 핑계삼아 아무것도 하지 않는 내 잘못이었다. 나이를 핑계 삼아 변화하고자 하는 의지를 죽였던 내 잘못이었다. 탓은 쉽다. 하지만 쉬운 걸 택하면 변하는 건 아무것도 없다.

사람을 늙게 만드는 건 나이가 아니라 변명이다.

책임을 아는 사람

선택이 자유로운 사람은 책임을 아는 사람이다. 자유롭게 선택하기 이전에 책임의 무게를 가늠할 수 있는 사람이다. 그리고 그 무게가 버거울지라도 최선을 다해 그것을 짊어지려 노력하는 사람이다. 그래서 그들은 신중하게 선택하고, 묵묵히 결과를 수용하고, 또다시 자유롭게 선택한다.

책임의 무게를 담을 수 있는 그릇이 커지면
자유를 행사할 수 있는 범위가 넓어진다.

술에 대한 변명

나는 술을 끊을 수 없다고 생각했다. 이유는 많았다. 사회생활을 하기 위해서, 인생의 즐거움을 위해서, 인간관계를 위해서 술은 필요하다고 생각했다.

술은 여전히 나를 따랐지만, 체력은 더 이상 나를 따르지 않았다. 식단은 인스턴트로 가득했고, 운동은 남의 일이었다. 날이 갈수록 체력이 떨어져 일상생활에 지장이 있을 정도였다. 이대로 나이 탓만 하며 아무것도 하지 않을 수 없었다. 변화가 필요했다.

체력 회복을 위해 극단적으로 식단관리를 시작했다. 인스턴트를 끊고 당과 탄수화물 섭취량을 줄였다. 그리고 매일 맨몸 운동을 했다. 과하지 않게 차근차근 변화를 줬다. 아침을 맞이하는 느낌이 달라졌고, 하루 내내 졸음과 맞서 싸워야 했던 내가 졸음과 이별하게 됐다. 정말 오랜만에 느껴보는 기분이었다. 다행히 체력은 서서히 돌아왔다. 다시는 그 전의 컨디션으로 돌아가기 싫었다. 그럴 수 없었다. 그래서 자연스레 술을 멀리했고, 술은 한 달에 한 번 마실까 말까 한 이벤트성 음료가 됐다. 신기한 일이었다. 내가 술을 멀리하다니.

나는 내가 술을 끊는 건 불가능한 일이라고 생각했다. 그런데 다른 사람들이 술을 마셔도 굳이 입을 대지 않는 나를 보며, 술이 없어도 인생의 즐거움에 큰 영향을 받지 않는 나를 보며, 술 대신 커피로 친구들과 함께하는 나를 보며 깨달은 사실이 하나 있다. 내가 지금까지 말했던 술을 끊을 수 없는 이유는 다 변명이었다는 것. 모든 것은 그저 내가 술을 마시고 싶어 둘러댔던 핑계였다는 것. 모든 건 내 선택의 문제였다는 것이다.

선택은 변화를 만든다.

변명은 선택을 회피하게 만든다.

그렇다면 변화하는 방법은 간단하다.

변명을 죽이고 당장 선택하는 것이다.

간절히 꿈꾸면

'간절히 꿈꾸면 이루어진다.' 이 말의 뜻은 따뜻한 방구석에 누워 내가 원하는 걸 머릿속으로 생생하게 그리면 꿈이 이뤄진다는 게 아니다. 간절히 꿈꾸면 그 방향으로 생각하게 되고, 행동하게 되고, 도전하게 되고, 그곳을 향해 끊임없이 걷게 되기 때문에 그 꿈에 가까워질 수밖에 없다는 뜻이다.

간절한 생각이 삶을 바꾸는 게 아니라
간절함이 이끈 '행동'이 삶을 바꾼다.

옳고 그름보다 중요한 것

우리는 선택의 옳고 그름을 따지는데 너무 많은 시간을 쏟는다. 하지만 중요한 건, 옳고 그름을 따지는 게 아니라 자신의 선택을 옳다고 생각하는 믿음이다.

선택을 저울질하는 데 힘을 쓰는 사람이 있고,
선택을 옳게 만들기 위해 힘을 쓰는 사람이 있다.

변명

"내일이 마지막인 것처럼 선택하라."

누군가 이렇게 말했다. 대답이 없는 내게, 그는 다시 물었다. "너에게 남은 시간이 단 하루라면, 너는 지금처럼 살 것인가? 아니면 모든 걸 벗어던지고 다른 삶을 선택할 것인가?" 나는 대답했다. "내게 남은 시간이 단 하루라면, 일단 지금 하는 일들을 모두 멈추고 제가 가고 싶은 곳, 제가 만나고 싶은 사람, 제가 먹고 싶은 것, 제가 하고 싶은 일을 하겠죠."

그는 이어서 물었다. "그런데 왜 그렇게 살지 않는가?" 난 이렇게 대답했다. "이거 때문에, 저거 때문에, 누구 때문에." 그리고 마지막으로 이렇게 말했다. "내가 내일 죽을 거란 보장 있어요? 인생은 생각보다 길어요."

이렇게 말하고 나니 자괴감이 들었다. 내가 그렇게 살지 않는 이유는 모두 변명이었으며, 내가 내일 죽을 거란 보장은 없지만, 내일 죽지 않을 거란 보장도 없다는 걸 너무나도 잘 알고 있었기 때문이다.

결국, 내가 내일이 마지막인 것처럼 선택하지 못하는 이유는, 모든 걸 벗어던지고 다른 삶을 선택할 용기가 부족하기 때문임을 누구보다 잘 알고 있었기 때문이다.

오늘이 삶의 마지막이라면 어떤 선택을 할 것인가?
지금과 같은 선택을 할 것인가?

동전 던지기

"앞으로 뭘 해야 할지 잘 모르겠지? 이걸 해야 할지, 저걸 해야 할지 아직도 확신이 서지 않지? 그럴 땐 동전을 던져 봐. 그리고 그냥 동전이 나오는 방향대로 하면 돼."

졸업을 앞둔 내게, 교수님이 던진 말씀이었다. 당시의 내겐 그 말이 꽤 무책임하게 들렸다. 하지만 지금은 교수님의 뜻을 조금 이해할 수 있을 것 같다. 아마 교수님은 이런 뜻으로 말씀하신 게 아니었을까.

'네가 아무리 선택 앞에서 고민해도 무엇이 더 좋은 결과를 낳을지는 아무도 모르는 거야. 고민할 시간에 선택하고, 그 선택을 옳게 만들어 나가렴. 설령 동전을 던져서 네 길을 택한다고 하더라도 문제가 없단다. 네가 그 선택을 믿고 책임진다면 말이야. 어차피 선택에 옳고 그름은 없는 거야. 그러니 선택을 두려워하지 말고 무엇이든 선택하렴.'

그 무엇도 선택하지 못하고 방황하던 내게 해주셨던 교수님의 말씀을, 한참이 지나서야 헤아려본다.

어차피 선택에 옳고 그름은 없는 거야.
그러니 선택을 두려워하지 말고 무엇이든 선택하렴.

서른 넘은 나이에

서른 넘은 나이에 안정을 버리고 기꺼이 불안을 선택하기로 했다. 안정적인 환경에 안주해 더는 앞으로 나아가지 않는 내 모습을 발견했기 때문이다. 나를 멈추게 만든, 내게 안정감을 주는 일을 그만두기로 했다.

그만두는 순간 불안이 커질 거라는 걸 알고 있었지만, 기꺼이 그 불안을 받아들이기로 했다. 나는 길 위에 우두커니 서 있는 존재가 아니라, 길 위를 걷는 존재가 되기를 원했으니까. 나를 좀 더 낭떠러지로 몰아세우기로 했다.

때론 나를 몰아붙일 필요가 있다.

안정을 버리고 불안 속으로 뛰어들 필요가 있다.

불안이라는 줄 위에 서 있으면 균형을 잡기 위해

어떻게든 앞으로 나아가게 되니까.

쉽게 선택하는 사람들

어려운 선택을 대수롭지 않게 여기는 사람들이 있다. 일생일대의 중요한 선택으로 보이는 일을 대수롭지 않게 여기며 쉽게 선택하는 사람들. 이들에겐 공통점이 있다. 많이 선택해 봤다는 거다.

그들도 처음부터 선택을 쉽게 한 건 아닐 것이다. 선택과 선택 후에 필연적으로 따라오는 결과를 떠안는 과정을 되풀이하며 그릇의 크기를 키웠을 것이다.

어려운 선택을 쉽게 하는 것처럼 보이는 누군가에게 물었다. 어려운 결정을 어떻게 그렇게 쉽게 할 수 있냐고. 그는 이렇게 대답했다. "산전수전 다 겪다 보니 예전만큼 무겁게 느껴지지 않네요."

선택을 쉽게 하기 위해선 선택을 거듭하고 그 결과를 온전히 떠안아야 한다는 것. 이 과정을 반복하며 자신이 담을 수 있는 그릇의 크기를 키워야 한다는 것. 엄연히 말하면 선택을 쉽게 하는 게 아니라, 선택이 쉬워진 사람들을 보며 느낀 점이다.

선택도 근육이나 다름없다.
횟수를 늘리고 무게를 늘려나가면 된다.
시간이 지나면 무거웠던 게 가벼워지고,
불가능했던 게 가능해질 것이다.

연애와 직장

어떤 사람은 처음 만난 사람과 결혼하기도 하고, 어떤 사람은 많은 사람과 연애하다가 어느 한 사람을 만나 결혼하기도 한다. 그리고 어떤 사람은 수많은 사람을 만나다 혼자 살겠다는 결심을 하기도 한다. 그래도 우리는 어느 한 사람을 이상하다고 말하지 않는다. 각자의 연애 방식이 있는 거라고, 각자의 선택이라고 말한다.

나는 취업도 연애와 같다고 생각한다. 어떤 사람에겐 첫 직장이 평생직장이 될 수도 있다. 한편 어떤 사람은 입사와 퇴사를 반복하다 뒤늦게 한 직장에 정착할 수도 있고, 어떤 사람은 수많은 퇴사 끝에 취업이 아닌 다른 길을 택할 수도 있다.

하지만 이상하게도 연애와 달리, 그들에겐 '잘못된 선택'이라는 꼬리표가 붙는다. 연애와 같이 그건 잘못된 게 아니라 각자의 방식이고, 각자의 선택일 뿐인데.

내 주변만 봐도 20년을 한 직장에서 일하다 뒤늦게 후회하고 방황하는 사람이 있고, 이직과 퇴사를 밥 먹듯 하다가 어느 한 직장에 정착해 즐겁게 일하는 사람도 있다. 그러니 이제 그만하고 취업하라는 소리에 주눅 들지 않았으면 좋겠다. 친구들보다 퇴사를 좀 더 많이 했다는 이유로 자책하지 않았으면 좋겠다. 그냥 연애가 순탄치 않다고 생각하며, 당신의 선택을 의심하지 않았으면 좋겠다.

짝을 찾는 과정이 사람마다 다른 것처럼,
자리를 찾는 과정 또한 사람마다 다를 뿐이다.

미련이 남는다

내가 해보지 않은 일에

미련이 남는다. 내가 해보지 않은 일에. 내 삶에 별 관심도 없는 타인의 반대 의견, 아직 나오지도 않은 결과에 대한 부담감, 정체 모를 막연한 불안감 등 하면 안 되는 이유에 집중하느라, 하고 싶은 마음을 억눌렀던 과거의 내 선택에 미련이 남는다. 그 미련은 아마 죽은 후에야 지워질 것이다.

미련이 남는다. 최선을 다하지 않은 일에. 이 정도면 됐지, 이 정도면 최선을 다했어, 라는 거짓말로 여지를 남겨뒀던 일에 미련이 남는다. 내가 지금 하는 일이 영원할 거란 생각에, 내 곁에 있는 사람이 평생 갈 거라는 생각에 힘을 아끼던 과거의 나에게 미련이 남는다. 한 번 지나간 순간은 영영 돌아오지 않는다는 것을 알기에 더 그렇다.

'왜 하지 않았을까. 더 할 수 있었는데.'라며 미련을 남기는 게 아니라 '하길 잘했어. 더는 내가 할 수 있는 게 없었어.'라며 미련을 남기지 않는 삶을 살아야 한다. 내가 하고 싶은 일을 하고, 그 일에 최선을 다하는 삶을 살아야 한다.

"미련 없이 선택하고 후회 없이 최선을 다할 것."
삶이 우리에게 요구하는 전부일지도 모른다.

나만의 행복

행복이 뭐라고 생각하세요?

사람들에게 행복의 정의를 묻고 다녔다.
행복의 정의를 알고, 그 정의를 따라 살았을 때,
내가 행복해질 수 있다고 생각했기 때문이다.

하지만 행복의 정의를 물으며 깨달은 건,
행복의 정의는 지극히 주관적이라는 사실이었다.
사람마다 행복의 정의는 모두 다르다는 사실이었다.
타인에게 행복의 정의를 묻는 게 의미가 없었다.

더는 행복의 정의를 묻지 않게 됐다.
더는 타인의 행복이 궁금하지 않았다.

대신 나만의 행복을 생각하기 시작했다.

다른 사람들과 다를지라도,

다른 사람들이 이해하지 못할지라도,

오로지 내가 느낄 수 있는 행복을 찾기 위해

나에게 질문을 던지기 시작했다.

절대적인 행복은 없다.

고로 행복을 물을 대상은 타인이 아니다.

나에게 묻고 또 물어야 한다.

진짜 알맹이

내게 '왜'라는 질문을 끊임없이 던지다 보면, 가장 마지막에 남는 무언가가 있을 것이다. 거듭된 질문의 끝에 남은 그 무언가를 따라 살면 된다.

그게 직업이든, 사람이든, 물질이든, 눈에 보이지 않는 가치든, 그것이 무엇인가는 별로 중요하지 않다. 중요한 건 거짓, 합리화, 위선 등의 껍데기를 벗어던지는 것이다. 껍데기를 다 벗겨내고 알맹이만 남기는 것이다.

질문의 끝에 남은 알맹이의 진정성을 타인은 판단할 수 없다. 오직 나만 알 수 있다. 그게 나의 진심이라면, 그냥 그것을 따라 진정성 있는 삶을 살면 된다.

거듭된 질문 끝에 남는 한 문장이 있다.

그게 나의 진심이라면 그것을 따라 살면 된다.

행복의 조건

고민 가득한 사람들을 5년 넘게 만나며 깨달은 게 있다. 사회가 정의한 행복의 조건은 대부분 거짓이라는 사실이다.

좋은 직장, 많은 돈, 좋은 집안 등 사회가 정의한 행복의 조건은 개인을 불행하게 만들기도 했다. 해외 유명 대학을 다니면서도 우울증을 겪는 친구를 만났고, 전 과목을 A+로 도배했지만, 강박증에 시달리는 친구도 만났다. 남들이 부러워하는 집안에서 태어났지만, 누구보다 깊은 우울증을 앓는 친구도 있었다. 돈만 잘 벌면 된다고 생각해서 어렵게 대기업에 입사한 친구들도 수없이 만났지만, 돈을 잘 번다고 해서 그들이 행복해지지는 않았다.

인간 개개인은 고유한 존재이기 때문에 다수가 말하는 행복의 기준이 모두에게 적용될 수 없다는 걸 깨달았다. 그 쉬운 사실을 깨닫는데, 왜 그렇게 오랜 시간이 걸렸는지 모르겠다.

누군가에겐 좋은 직장이 나에겐 최악의 직장일 수 있고, 누군가에겐 좋은 집안 환경이 나에겐 지옥 같은 집안 환경일 수 있고, 누군가에겐 인생 최고의 목적이 될 수 있는 돈이, 나에겐 크게 중요하지 않을 수 있다는 사실을 왜 그렇게 늦게 깨달았는지 모르겠다.

왜 남들이 세워놓은 기준을 따라가느라,
내 행복의 기준을 버려야만 했는지 모르겠다.

걱정되지 않는 친구

사관 학교에 다니는 친구가 있었다. 그는 학교를 그만두고 싶다고 했다. 사람들은 의아한 표정을 지으며 이유를 물었다. 그가 자퇴하고자 하는 이유를 말했을 때, 사람들은 경악했다. 댄서가 되고 싶다는 게 그 이유였기 때문이다. 춤을 추고 싶어서 사관 학교를 그만둔다는 이야기를 듣고 사람들은 고개를 가로저으며 걱정했다. 하지만 나는 뒤에서 고개를 끄덕거렸다. 사람들의 우려와 달리 나는 그의 미래가 별로 걱정되지 않았기 때문이다.

이른 나이에 과감한 선택을 할 수 있다는 건, 스스로 선택하는 힘이 그만큼 강하다는 뜻일 것이다. 그 정도의 힘이 있다면 댄서를 하다가 이게 아니라는 생각이 들었을 때 다시 돌아간다는 선택도 충분히 할 수 있을 것이다. 언제든지 자유롭게 자신이 원하는 선택을 할 수 있다면, 굳이 내가 그의 미래를 걱정할 필요는 없다고 생각했다. 그저 그의 선택에 박수를 보내기만 하면 되는 것이었다.

그 친구는 지금쯤 뭘 하고 있을까? 그의 결심대로 자퇴했다는 이야기까진 들었는데 그 이후의 소식은 잘 모르겠다. 아직도 춤을 추고 있을까? 아니면 다시 대학으로 돌아갔을까? 아니면 아예 새로운 분야를 선택했을까? 그가 지금 어느 길에 서 있을지는 모르겠지만, 자신을 위한 선택을 하며 자신의 길을 즐겁게 걸어가고 있을 거라는 생각엔 의심이 없다.

엉뚱한 선택을 하는 게 문제가 아니라,
스스로 아무것도 선택하지 못하는 게 문제다.

내 선택에 대한
믿음을 확인하는 방법

조언의 본래 뜻은 '도움의 말'이다. 하지만 자기가 하고 싶은 말을 멋대로 배설하는 행위를 조언이라고 착각하는 사람들이 주변에 참 많다.

그런 사람들의 조언은 내게 스트레스를 안겨준다. 하지만 내 선택에 대한 믿음의 정도를 확인하고 싶을 땐, 그들의 조언이 도움이 되기도 한다.

내 선택에 대한 확신이 있을 땐, 남들의 조언과 충고 따위는 가볍게 무시할 수 있다. 하지만 선택에 대한 확신이 부족할 땐, 내 마음의 소리보다 타인이 툭 던지는 조언에 귀를 기울이게 된다.

그래서 나는 조언을, 내 선택에 대한 확신을 가늠하는 척도로 사용한다. 내가 타인의 조언에 휘청거리거나 흔들린다면, 선택을 조금 미루고 다시 한번 생각해본다. 반면, 그들의 배설물을 가볍게 흘려보내고 내 마음의 소리에 귀를 기울일 수 있다면 내 선택을 믿고 나아간다. 조언에 반응하는 내 모습은, 내 선택에 대한 믿음을 말해주기 때문이다.

나 자신을 믿는 힘이 크다면,
주변의 소음은 아무런 영향을 미치지 못한다.

버텨야 할 것과
버티지 말아야 할 것

무작정 버티는 게 현명한 건 아니다. 섣불리 포기하는 것 또한 어리석은 일이다. 버텨야 할 때 그만두고, 그만둬야 할 때 억지로 버티는 것만 피해도, 삶은 당신에게 더 많은 웃음을 선물할 것이다. 문제는 언제 버텨야 하고, 언제 그만둬야 하는지 모른다는 데 있다. 나 또한 그걸 헷갈리는 바람에 섣불리 그만두다 후회하고, 억지로 참다 병이 났다. 그래도 그 진절머리 나는 과정에서 내 나름의 기준은 생겼다.

내 기준에서 버티지 말아야 할 곳은 내 가치관과 절대적으로 어긋나는 곳이다. 관계와 의리를 중요시하는 사람에게 타인의 뒤통수치는 법을 강요하는 곳,

자유를 그 누구보다 중요시하는 사람에게 수용소와 다름없는 환경을 제공하는 곳, 이타적인 삶을 최우선으로 생각하는 사람에게 타인을 밟고 올라서는 걸 강요하는 곳, 돈을 최우선으로 생각하는 사람에게 대책 없는 비전과 의리만 말하는 곳. 각자의 가치관이 무엇이든 가치관과 반대되는 것을 강요하는 곳에선 한시라도 빨리 빠져나와야 한다. 내가 나일 수 없는 곳에서는, 나를 죽여야 살아남는 곳에서는 버티는 대신 도망쳐야 한다. 끊임없는 충돌을 이겨내고 살아남는다 한들 내 영혼을 잃는다면 무슨 소용이겠는가.

버텨야 하는 곳은 이와 반대다. 내가 진심으로 믿는 길이라면, 내 가치와 상응하는 길이라면 버텨야 한다. 타인의 시선이 매서워도, 순간의 고통이 무거워도 버텨야 한다. 너무 힘이 들어 잠깐 돌아갈 수는 있어도 그 길로 언젠가는 다시 돌아와야만 한다. 버텨야 할 것을 포기한 자들은 항상 이렇게 말한다. 그

때 포기하지 않았더라면…. 그때 주변의 충고를 무시하고 내 뜻대로 했더라면…. 그때 내가 하고 싶은 걸 그냥 했더라면…. 자신이 믿는 길을 밟지 않고 남이 가리키는 길로 가는 사람에게 남는 건, 세월이 흘러도 짙게 남는 미련뿐이다.

이렇게 말하는 나도, 버티지 말아야 할 것과 버텨야 할 것을 구분하는 일은 참 어렵다. 알고는 있지만, 용기가 부족해서 그렇다. 나를 아끼는 사람들의 걱정을 잠재우고 나아갈 수 있는 용기, 날 무시하는 사람들의 시선을 신경 쓰지 않을 수 있는 용기, 남이 아니라 나 자신을 믿을 수 있는 용기. 남이 아니라 나 자신을 믿을 수 있는 용기가 있었더라면, 내 삶은 한결 더 가벼워졌을 것이다.

버티지 말아야 할 것을 버티면 병을 얻고
버텨야 할 것을 버티지 못하면 후회를 얻는다.

확신을 만드는 과정

생각만으로 확신을 이야기하는 것은 오만이다. 확신을 만들기 위해선 직접 부딪쳐야 한다. 생각과 다른 현실에 부서진다면, 부서진 조각들을 모아 또다시 부딪쳐야 한다. 확신은 무언가에 직접 도전하고 부딪쳐서 깨진 조각들을 모아 재조립하는 과정을 반복해 생기는 것이다. 그 과정을 반복하다 보면 웬만해선 쉽게 깨지지 않는 무언가에 대한 믿음이 생겨날 것이다. 그 믿음이 곧 '확신'이다.

행동 없는 확신은,
바늘 위에 떠 있는 풍선이나 다름없다.

당신이 선택을 앞두고 고통스러워하는 이유

의자에 제대로 앉기 위해선 엉덩이를 의자 끝까지 붙이고, 허리를 등받이에 편히 기대고 앉아야 한다. 만약 의자가 불편하다면 일어나서 다른 의자에 앉으면 된다. 앉지도 못하고 일어서지도 못한 상태로 의자 끝에 어중간하게 걸터앉으면 고통스러울 뿐이다.

선택도 마찬가지다. 어느 하나를 제대로 선택하지 않고 어중간한 태도로 일관하면 선택은 고통을 준다. 하거나 하지 않으면 된다. 가거나 가지 않으면 된다. 할까 말까, 갈까 말까, 어중간한 상태로 있으면 고통만 쌓일 뿐이다.

사람들은 선택이 자신에게 고통을 준다고 생각한다. 그렇지 않다. 고통을 만드는 건, 아무것도 제대로 선택하지 않고 어중간하게 앉아 있는 자기 자신일 수도.

앞으로 나아가거나 뒤로 물러서는 것보다 힘든 건,
어중간한 자세로 가만히 앉아 있는 것이다.

한 방이 내 인생을 뒤바꾼다는 착각

수험생 시절엔 수능 성적 한 방에 따라 내 삶이 뒤바뀐다고 생각했다. 한 문제를 더 맞추느냐, 덜 맞추느냐에 따라 내 인생이 갈린다고 생각했다. 하지만 대학에 와서 깨달았다. 내 인생에 취업이라는, 더 중요한 한 방이 남았다는 걸.

첫 취업이 내 남은 인생을 결정한다는 생각에 스트레스를 받았다. 그런데 운이 좋게도 생각보다 쉽게 취업에 성공했다. 사람들은 중요한 한 방을 끝냈으니 이제 걱정할 게 없다고 말했다. 나도 그랬으면 좋겠다고 생각했다. 이곳에 정착해서 여생을 좀 편히 보냈으면 좋겠다고 생각했다. 하지만 아니었다. 더 큰 한 방이 있었다. 퇴사였다.

첫 단추를 잘못 선택했다는 생각에 고민이 많았지만, 쉽게 퇴사할 수 없었다. 퇴사라는 선택이 내 남은 인생을 불구덩이로 빠뜨릴 것 같았다. 하지만 용기를 내서 퇴사했다. 걱정했던 것처럼 내 인생이 불구덩이로 빠지는 일 따위는 일어나지 않았다. 내 인생은 무슨 일이 있었냐는 듯 계속해서 앞으로 굴러갔다.

그 뒤로도 같은 일들이 반복됐다. 이거 한 방에 내 인생이 좌지우지될 수도 있어, 라고 생각할 만큼 간 떨리는 선택을 반복했다. 그리고 생각보다 별일이 일어나지 않는다는 것을 거듭 깨달았다. 내 남은 인생이 한 방으로 결정되는 게 아니라, 선택의 반복으로 차곡차곡 쌓여간다는 걸 알게 됐다.

인생은 급히 한 번에 쌓는 모래성이 아니라, 바닥에

서부터 차곡차곡 쌓아나가는 벽돌집이 아닐까 싶다. 쌓다가 잘못 쌓으면 아래 있는 벽돌을 허물고, 다시 그 자리에 새로운 벽돌을 놓고, 이걸 반복하는 게 인생 아닐까 싶다. 나는 여전히 벽돌을 쌓고 허무는 과정을 반복하고 있다. 그 과정에서 한 방이 내 인생을 뒤바꾼다는 착각을 버릴 수 있었다.

인생, 한 방으로 끝나지 않는다. 그러니 선택에 대한 두려움을 버리고 더 과감히 선택해도 괜찮다. 선택의 결과가 좋지 않아도 너무 좌절할 필요 없다. 그 한 방이 끝이 아니니까. 앞으로도 수많은 선택이 당신을 기다리고 있을 테니까.

더 과감하게 선택해도 된다.
한 방에 뒤집힐 만큼 인생의 무게는 가볍지 않다.

선택에서 가장 중요한 일

아직 선택하지 않았다면 덜 후회할 수 있는 일을 선택해야 한다. 이미 선택했다면 선택하지 못한 일에 미련을 갖지 않아야 한다.

후회와 미련의 무게를 줄이는 것.
선택에서 가장 중요한 일이다.

내게 정말 중요했던 건

스물아홉의 나이에 은행 경비 일을 했다. 은행 경비원은 은행 문 앞에서 가장 먼저 손님을 맞이하는 사람이다. 말이 맞이하는 거지 ATM 수리, 동전 회수, 전표 배송 등 온갖 잡일은 다 했다. 하필 내가 맡은 지점은 사람이 매우 많은 곳이라 꽤 힘이 들었다. 당시 내 월급은 150만 원이었다.

남들이 생각하는 좋은 직장을 관두고 은행 경비를 하니 주변의 걱정이 컸다. 그런데 난 그 어느 때보다 열정적이었고, 많은 일을 해냈다. 815명의 청년을 모집해 페스티벌을 기획했고, 책을 출간했고, 매달 토크쇼를 기획했다. 물론 일과 병행하는 게 쉽지 않았지만, 그 어느 때보다 활력 넘치는 삶이었다.

내게 은행 경비 일은 돈을 벌기 위한 수단에 지나지 않았다. 내가 하고 싶은 일을 하기 위해 최소한의 생계 유지비를 채워주기 위한 수단, 그 이상도 이하도 아니었다. 하지만 사람들에게 난, 은행 경비원일 뿐이었다. 남들은 내가 왜 이 일을 하고 있는지 관심이 없었다. 그들에게 중요한 건 내가 무엇을 하고 있느냐였다.

신경 쓰지 않았다. 내게 중요한 건, 어떤 수단으로 돈을 버느냐가 아니라 이 일을 왜 하느냐였으니까. 중요한 건, 수단이 아니라 목적이었으니까. 내 목적에 대한 확신이 컸기 때문에 수단은 아무래도 상관없었다. 그래서 그때의 난, 그 누구보다 당당할 수 있었나 보다.

언제나 중요한 건 "무엇"이 아니라 "왜"다.

불안의 영역

아무것도 경험하지 않으면 모든 건 불안의 영역으로 남는다. 여행, 연애, 퇴사, 이직 등 모든 일이 그렇다. 경험해보지 않으면 실체를 알 수가 없기에 불안할 수밖에 없다. 하지만 불안을 딛고 그 영역으로 뛰어드는 순간, 불안이란 감정은 사라진다. 대신 좋음, 기쁨, 나쁨, 두려움, 더러움 등의 다른 감정으로 변환된다. 당신의 도전이 어떤 결과를 낳을지는 아무도 예상할 수 없다.

아무것도 경험하지 않고 모든 걸 안개와도 같은 불안한 영역으로 놔둘 것인가. 아니면 그 안개 속으로 뛰어들어 당신의 상상 속에 존재하던 그것의 실체를 마주할 것인가. 그건 온전히 당신의 선택이다.

두려움을 깨는 데 필요한 건 부딪칠 용기고,

불안을 없애는 데 필요한 건 선택할 용기다.

모험

우리는 모험을 망설인다. 모험은 불안을 가져다주기 때문이다. 한 번도 경험해보지 못한 미지의 영역으로 발을 딛는 건 두려운 일이니까. 하지만 모험을 포기하고 같은 일, 환경, 관계 속에 머물면 매번 똑같은 나 자신을 마주하게 된다. 나의 새로운 모습을 발견할 기회를 잃게 되며, 나도 몰랐던 나의 다른 모습을 발견할 기회를 잃게 된다. 자신의 일부를 자신의 전부라 착각하며, 다른 가능성을 가둬버린다.

모험하지 않으면,
나를 발견할 기회를 잃게 된다.

뭘 하고 싶은지 몰라도
뭘 하기 싫은지 안다면

내 삶은, 내가 뭘 하고 싶은지 찾는 여정이었다. 강연도 듣고, 먼저 취업한 선배들의 이야기도 듣고, 대단해 보이는 사람들의 책도 읽었지만, 소용없었다. 찾으면 찾을수록 미궁에 빠지는 기분이었다. 그러다 얼떨결에 취업에 성공했다. 하지만 성공은 한 번뿐이었다. 취업 이후의 내 삶은 실패의 연속이었다. 퇴사의 반복, 이직의 연속. 경험은 늘었지만, 확신은 줄었다.

그래도 계속해서 갈구하다 보니 내가 좋아하는 일이 몇 가지 생기긴 했다. 그것으로 내가 밥벌이를 할 수 있을 확률은 낮았다. 방황은 여전했다. 하지만 그 과정에서 내가 무엇을 싫어하는지, 무엇을 견딜 수 없는 사람인지 알 수 있었다.

무의미한 쓸고 닦기가 반복되는 청소 일을 하면서, 아무 이유 없이 갈구던 선배의 욕지거리를 참으면서, 실적을 위해서라면 영혼까지 내어줘야 했던 회사에 다니면서, 내가 무엇을 싫어하는지, 내가 견딜 수 없는 선은 어디까지인지 알 수 있었다.

안타까운 말이지만, 내 평생을 바칠 만한 무언가를 찾는 건, 마치 모래 속의 바늘을 찾는 것과 같다. 지루하고, 고통스럽고, 기약 없다. 그러나 그것을 찾는 과정에서 적어도 얻는 게 하나 있다. 내가 싫어하는 게 뭔지 알게 된다는 것이다.

여전히 뭘 하고 싶은지 몰라도,
적어도 뭘 하면 안 되는지 명확히 안다면,
그것만으로도 중요한 문턱을 넘은 거 아닐까.

하기 싫은 일과

하지 말아야 할 일을 지워나가다 보면

그 끝에는 인생을 바쳐 하고 싶은 일이 남지 않을까.

삶이 불안하다면
지극히 정상이다

누구나 불안하다. 삶이 불안하다고 느끼는 건 이상한 일이 아니다. 사람들이 농담 삼아 매일 행복한 사람은 조증 환자라고 하지 않던가. 불안도 마찬가지다. 매일 평안할 수는 없다. 평안하다가도 불안하고, 불안하다가도 안정을 찾는 게 보통의 삶이다.

불안을 끊을 수 없는 원인이 있다면, 그건 모든 게 변하기 때문일 것이다. 믿었던 사람의 마음이 변하고, 예상했던 결과가 뜻밖의 사건으로 변하고, 건강하던 몸이 갑작스럽게 아픈 몸으로 변한다. 모든 게 지금과 같다면, 모든 게 내 생각대로 흘러간다면 불안할 이유가 있겠는가.

지금 다니는 회사가 불안하고, 막연한 미래가 불안하고, 막막한 현실이 불안하다면, 지극히 정상이다. 언뜻 보면 평안해 보이는 타인도, 모두 불안을 안고 오르락내리락 걷는다. 모두가 불안하다. 삶이 불안하다고 해서 당신에게 문제가 있는 건 아니다.

아무것도 선택하지 않으면 불안할 일이 없다.
불안하다는 건 자유를 추구하고 있다는 증거다.

지금, 마음이 움직이는 대로

단돈 70만 원으로 호주 워킹홀리데이를 떠난 것, 남들의 만류를 뿌리치고 과감하게 퇴사한 것, 아무 경험도 없이 카페를 운영해 보기로 한 것, 힘들게 운영해 온 카페를 그만두고 새로운 시작을 선택한 것. 누구나 그렇듯 난 셀 수 없이 많은 선택을 해왔다. 그중에서도 위의 선택들은 참 탁월한 선택이었다고 생각한다. 이들의 공통점이 있다. 두려움을 무릅쓰고 미래의 결과를 저울질하기보다는 현재의 마음이 움직이는 대로 선택했다는 것이다.

후회 없는 선택을 하는 방법이 있다.
선택의 기준을 미래가 아닌 현재로 두는 것이다.

그저 그 조직과 내가
맞지 않는 것뿐

'힘든 상황을 버티지 못하는 나에게 문제가 있는 걸까, 버티지 못할 만큼 시련을 주는 환경에 문제가 있는 걸까. 난 두 달도 안 돼서 그만뒀지만, 그 회사에서 10년을 버틴 사람도 있잖아. 그럼 환경이 문제가 아니라 내 끈기의 문제인 걸까. 내가 도망친 회사에 남아 묵묵히 일하는 사람들이 증명해주고 있는 거 아닌가. 환경이 문제가 아니라 내가 문제라는 걸.'

나와 맞지 않는 조직에서 나올 때마다 매번 고민했다. 내가 문제일까, 환경이 문제일까. 당시엔 알 수 없었지만, 시간이 흘러 이렇게 결론을 내렸다. '내가 문제라고 할 수도 없고 환경이 문제라고 할 수도 없

다. 굳이 문제를 꼽자면, 그저 나와 맞지 않는 환경에 나를 억지로 끼워 맞추려고 했던 나 자신이다.'

누군가에겐 힘든 조직 문화가 누군가에겐 즐거운 문화일 수 있고, 누군가에겐 만족스러운 연봉이 누군가에겐 턱없이 부족할 수 있다. 나에게 맞지 않는다고 해서 그 조직을 욕할 필요도 없고, 조직에서 적응하지 못한다고 해서 자책할 필요도 없다. 나와 맞지 않는 환경을 떠나, 나와 맞는 환경, 최소한 내가 맞출 수 있는 환경을 찾아 나서면 된다. 내가 문제인지, 환경이 문제인지 고민하느라 괜한 힘 빼지 말고.

어울리지 않는 환경에 억지로 끼워 맞추다 보면,
똑똑한 사람도 바보가 되는 법이다.

선택의 기준

내 삶에 대한 확신이 없을 때 사람은 불안해진다.
내 삶이 틀렸다는 생각이 들 때 사람은 힘들어진다.

내가 선택한 삶이 과연 맞는 걸까 의심이 들어 불안했고, 내가 선택한 길이 틀렸다는 생각이 들어 힘들었다. 과거의 나는 옳고 그름을 판단하는 기준을 타인에게 뒀다. 타인은 끊임없이 변했고, 자꾸 변하는 기준 때문에 삶은 방향을 잃었다.

그러다 중요한 사실을 깨달았다. 삶에는 옳고 그름이 없다는 사실, 스스로 선택했고 스스로 책임질 삶이라면 그 모든 삶은 옳다는 사실이었다.

그 사실을 깨닫고 나선 남과 비교해 내 삶의 옳고 그름을 판단하는 어리석은 일을 그만뒀다. 선택의 기준을 온전히 내게 둘 수 있었다.

앞으로도 그렇게 살아가고 싶다. 내가 선택하고 내가 책임질 수 있는 삶을 살아가고 싶다. 그렇게 살아갔을 때, 내 삶이 행복하다고 말할 수 있을 것 같다.

내가 선택하고 내가 책임질 삶이라면
틀린 삶은 없다.

자유와 불안

군대에 있을 땐 최소한 불안하지는 않았다. 더럽고, 짜증 나고 때론 두려웠지만 불안하지는 않았다. 정해진 일과가 있고 그에 따라 움직이면 됐으니까. 그 일을 잘 해내지 못했을 때 주어지는 폭력 또는 처벌이 두렵기는 했지만, 미래가 불안하지는 않았다.

하지만 그토록 원했던 전역을 하고 나니 불안이 시작됐다. 더는 부당한 지시를 할 사람도 없고 정해진 일과를 따르지 않아도 됐지만, 뭘 해야 할지 몰라 불안했고 미래가 보이지 않아 불안했다. 그토록 원했던 자유가 주어졌지만, 자유 때문에 불안했다. 불안의 원인이 자유라니. 참 웃겼다.

정해진 길을 따라 걸어가면 불안하지 않다. 하지만 타인이 정해준 길을 걷다 내가 스스로 선택해야 하는 순간이 오면, 우리는 불안을 느낀다. 내가 선택한 것에 대한 책임을 져야 하는 순간, 불안은 커진다.

자유를 손에 쥐고 나서야 자유는 불안을 동반한다는 사실을 깨달았다. 그러나 군대로 다시 돌아가긴 죽어도 싫었다. 불안을 회피하기 위해 숨 막히는 울타리 안으로 돌아갈 순 없었다. 나는 여전히 자유를 원했다. 그래서 불안을 감당하기로 했다. 불안을 피해 내가 원하지 않는 길을 걷는 것보다, 내가 원하는 길을 걷기 위해 그 불안을 떠안고 가기로 했다.

전역 후, 여러 해가 지났다. 그리고 나는 여전히 자유를 추구한다. 그래서 나는 여전히 불안하다.

인간은 자유를 포기할 수 없는 존재다.

그래서 불안할 수밖에 없는 존재다.

버림, 받다

마케팅 동아리 회장 투표에서 한 표 차이로 떨어졌다. 덕분에 다른 동아리를 찾다가 인문학 동아리에 들어갈 수 있었고, 인문학은 내게 새로운 세상을 열어줬다.

호주 시드니에서 덩치가 작다는 이유로 이삿짐센터에서 잘렸다. 덕분에 멜버른에서 새로운 일자리를 얻을 수 있었다. 훨씬 더 많은 돈을 벌었고, 훨씬 더 좋은 사람들과 즐겁게 일할 수 있었다.

퇴사를 거듭했다. 덕분에 행사장 아르바이트, 공공기관 파견식, 은행 경비원 등 다양한 일을 할 수 있었다. 그 경험은 고스란히 내 글로 남았고, 책을 출간할 수 있었다. 그리고 불안과 친해지는 법을 배워 웬만한 불안을 마주해도 크게 흔들리지 않을 수 있었다.

3년간 운영했던 카페를 그만두고 새로운 삶에 도전해 보기로 했다. 남들이 늦었다고 생각하는 나이에 나는 또다시 불안을 택했다. 하지만 예전만큼 크게 불안하지는 않다. 무언가를 잃는 순간 새로운 기회를 맞이할 공간이 생겨난다는 것을, 그 공간엔 예상치 못한 새로운 기회들이 들어온다는 것을 깨달았기 때문이다. 그 기회는 내 삶을 변화시킬 거라는 것을 이제는 알기 때문이다. 버림으로써 잃는 게 있지만, 버림으로써 얻는 것도 있다는 것을 잘 알고 있기 때문이다.

하나를 버리면 다른 하나가 들어올 공간이 생긴다.
쥐고 있던 손을 펴야만 새로운 것을 쥘 수 있다.

이유가 없는 게 이유

내가 퇴사를 주저했던 이유는, 퇴사해야 할 만한 마땅한 이유가 없었기 때문이다. 이직을 준비할 것도 아니었고, 상사의 괴롭힘이 있었던 것도 아니었고, 건강에 문제가 있는 것도 아니었다. 퇴사라는 만만치 않은 선택에 필요한 그럴싸한 이유가 없었다.

그런데 문제는, 내가 이곳에 남아있을 이유도 없었다. 누군가에게 갚을 돈이 있는 것도 아니었고, 직장 명함을 누군가에게 자랑삼아 보여줄 생각도 없었고, 나보다 앞선 선배들의 삶을 갈망하지도 않았다. 아니, 오히려 그와 비슷한 삶을 살면 불행할 것 같다는 생각이 들었다. 그리고 '내가 도대체 여기서 뭐 하고 있는 거지?'라는 생각이 자꾸 맴돌았다.

의미부여를 해보려고 노력했지만, 도무지 의미부여를 할 수가 없었다. 내가 이 회사에 다니는 이유를 도무지 찾을 수가 없었다.

퇴사할 이유가 마땅히 없었지만, 이곳에 남아있을 이유는 명백히 없었다. 그게 내가 첫 퇴사를 결심했던 이유였다.

이유 없이 시작할 수는 있다.
하지만 이유 없이 지속하기는 어렵다.

왜 사는가

"당신은 왜 사는가?"

대학교 교양과목 시험 질문이었다. 워낙 오래전이라 내가 어떻게 답했는지 기억이 안 난다. 너무 어려운 질문이라 그냥 의식의 흐름대로 휘갈겼던 것 같다.

지금의 나라면 어떻게 답을 적었을까?
아마 이렇게 적지 않았을까?

Q. 당신은 왜 사는가?

A. 지금 이 질문에 답을 적고 있다는 말은 내가 살아 있다는 말이다. 그리고 내가 살아있다는 말은 내가

죽기로 선택하지 않았다는 말이다. 따라서 나는 죽지 않기로 선택했기 때문에 산다. 다시 말해, 살기로 선택했기 때문에 산다.

삶의 이유를 집요하게 물었던 적이 있다. 아무리 물어도 답이 나오지 않아 힘들었다. 그러다 내가 살기로 선택했기 때문에 산다, 라는 답을 내리고 난 다음부턴 삶의 이유를 찾지 않게 됐다. 그 뒤론 그냥 산다. 살아있다는 말은, 내가 살기로 선택했다는 말이니까. 그래서 산다.

태어난 건 내 선택이 아닐지라도,
태어난 순간부터는 모든 게 내 선택이다.
살기로 선택했으면 살아야 한다.
내 삶을, 제대로 살아야 한다.

더 일찍 알았더라면

세상은 행복 가득한 곳이 아니라 행복과 고통이 혼재해 있는 곳이라는 걸 더 일찍 알았더라면, 수십 번의 행복을 단 한 번의 고통이 집어삼켜 버릴 수도 있다는 걸 알았더라면, 그래도 행복은 존재한다고, 고통 사이에서 나만의 행복을 찾아 나가는 게 인생이라고 누군가 진심으로 말해줬더라면, 그랬다면 나는 덜 휘청거렸을 텐데.

항상 행복만 그렸기에 작은 고통에도 수없이 흔들렸던 게 아닐까. 고통에 익숙해지는 법을 알았더라면 나는 덜 방황하지 않았을까.

긍정적인 삶은 고통을 외면하는 삶이 아니다.
현실을 직시하고 고통에 제대로 맞서는 삶이다.

진심을 증명해주는 것

회사가 싫어도 출근하는 이유는 죽도록 싫지만 내가 회사에 다닌다고 선택했기 때문이다. 부모님의 강요가 싫어도 부모님의 말씀을 따르는 이유는 내가 부모님의 의견을 따르겠다고 선택했기 때문이다. 그 사람과의 관계를 끊고 싶다고 말하지만 끊지 못하는 이유는 내가 그 사람의 곁에 있겠다고 선택했기 때문이다. 수많은 이유가 있겠지만 그렇게 하지 않은 이유는, 결국 내가 그렇게 선택했기 때문이다.

생각과 말은 아무것도 증명해줄 수 없다.
오직 행동이 내 진심을 증명해줄 뿐이다.

지금이 아니면

스무 살의 내게 삼촌이 말했다. "네 나이에 뭐든지 다 해봐야 해. 삼촌처럼 마흔이 넘어가면 뭔가에 도전해보고 싶은 마음이 줄어들어. 그러니까 네 나이에 하고 싶은 게 있으면 미루지 말고 지금 해야 해."

산전수전을 다 겪으며 누구보다 도전적으로 살아온 삼촌이 그런 말을 하는 게, 그땐 잘 이해가 되지 않았다. 나이는 문제가 안 된다고 생각했다. 난 서른이든, 마흔이든, 쉰이든 하고 싶은 일이 생기면 언제든 할 수 있다고 생각했다. 그런데 지금의 나는, 삼촌의 말에 어느 정도 공감한다.

만약 우리 몸에 추진력이라는 스위치가 있다면, 그

스위치가 조금씩 녹슬어가는 걸 느낀다. 예전에는 하고 싶은 게 있으면 바로 추진력의 스위치를 올리고 무언가를 시작할 수 있었는데, 지금은 그렇지 않다. 스위치가 녹슬어서인지 무언가를 시작하는 게 쉽지 않다. 스위치를 올리는 데 꽤 오랜 시간이 걸린다. 훗날, 내가 삼촌의 나이가 되면 스위치는 더 녹슬 수도 있다. 추진력의 스위치를 올리고 싶어도 더는 작동하지 않을 수도, 스위치가 부러져 아무것도 추진하고 싶지 않은 상태가 될 수도 있다.

"네 나이에 뭐든지 다 해봐야 해.
네 나이에 하고 싶은 게 있으면
미루지 말고 지금 해야 해."

집에 내려가는 기차 안에서 삼촌의 말을 떠올리며 다짐한다. 추진력의 스위치가 녹슬어 고장 나기 전에 지금 하고 싶은 것들을 최선을 다해 추진하겠다고.

추진력의 스위치는 사용하지 않을수록 녹슨다.
녹을 방지하려면 끊임없이 스위치를 켜야 한다.
끊임없이 시작하고 끊임없이 도전해야 한다.

환상과 현실

첫 퇴사 후, 고민 끝에 한 회사에 지원서를 냈다. 어느 언론에서 이곳을 '가족 같은 분위기'의 회사라고 소개했다. 내가 그곳에 지원한 이유였다. 과연 그럴까 싶으면서도 그럴 것이라 믿었다. 그리고 운이 좋게도 입사에 성공했다.

신입사원 연수 첫날, 인사팀 직원이 물었다. "왜 입사했어요?" 화기애애한 분위기 속에서 동기들은 연봉, 복지 등 회사의 장점을 나열했다. 나도 덧붙였다. "가족 같은 분위기의 회사라고 들었습니다." 내 이야기를 들은 직원은 피식 웃더니 이렇게 말했다. "네, 맞습니다. 가족 같은 분위기의 회사. 근데 그거 아시죠? 가족에는 여러 부류의 가족이 있습니다."

그 말의 뜻을, 신입사원 연수가 끝나자마자 온몸으로 깨달을 수 있었다. 그러나 또다시 퇴사할 수는 없었다. 내가 이 회사에 다녀야 하는 이유를 만들기 위해 온갖 합리화를 다 했다. 갑자기 찾아온 불면증을 이겨내려 이를 악물고 버텼다. 하지만 얼마 가지 못해 난, 사직서를 낼 수밖에 없었다. 다시는 돌아가고 싶지 않은, 정말 힘든 경험이었다. 그래도 그때의 경험을 통해 큰 교훈을 얻었다. 무언가를 선택할 때는 현실을 제대로 직시해야 한다는 것이었다.

그 이후로 나는 입사 지원서를 내기 전, 회사의 안 좋은 면을 최대한 많이 보려고 노력했다. 재직자와 퇴직자가 회사에 대한 평가를 남겨 놓은 사이트에 들어가 회사에 대한 욕이란 욕은 다 찾아봤다. 그리고 내가 회사의 단점을 어디까지 견딜 수 있을지 생각했다. 이 정도는 견딜 수 있겠다 싶으면 지원했고, 견딜 수 없겠다 싶으면 지원을 미뤘다. 장점이 아닌 단점을 보는 게 나만의 입사 기준이 됐다.

보통은 입사를 준비할 때, 그렇게 하지 않는다. 좋은 면만 본다. 언론에 나온 좋은 기사를 보고, 회사 홈페이지에 있는 비전을 보고, 지인들의 이야기 중 좋은 것만 쏙쏙 뽑아 환상을 만든다. 그리고 어렵게 입사해서 뒤늦게 깨닫는다. 내가 만든 환상과 현실은 달라도 너무 다르다는 사실을.

장점은 달고 단점은 쓰다.
단 걸 많이 심키면 되는 줄 알았는데
삶에 필요한 건 쓴 걸 잘 견뎌내는 능력이었다.

익숙해진다

생애 첫 발표 수업이었다. "주원군, 기대 많이 하고 있어요."라며 교수님은 내 발표에 큰 기대를 하셨다. 안 그래도 긴장되는데 교수님의 쓸데없는 기대는 나를 더 얼어붙게 했다. 내 이름이 호명되고, 난 준비해온 자료와 함께 사람들 앞에 섰다.

그런데 갑자기 머리가 핑 돌았다. 마음을 가다듬고 대본을 봤다. 하지만 대본이 눈에 들어오지 않았다. 더군다나 팔다리는 미친 듯이 떨리고 있었다. 덕분에 대본이 펄럭거려 안 그래도 눈에 들어오지 않는 대본을 아예 볼 수 없는 상황이 돼버렸다. 사람들의 시선은 '재, 뭐야?'라고 말하는 듯했다. 한 시간 같은 10분이 지나갔고, 나는 사색이 된 상태로 자리에 앉았다. 내 자리에 앉으니 안도감이 찾아왔다. 그리고 10분쯤 지났을까. 안도감은 곧 창피함으로 바뀌었고, 나는 수업이 끝나자마자 도망치듯 자리를 피했다. 이게 내 첫 발표의 추억이다.

그 이후에도 난 발표 무대에만 서면 정신을 못 차리고 덜덜 떨었다. 고소공포증을 가지고 있는 사람이 번지점프대에 서면 이런 느낌일까? 발표하기 전, 이름이 호명되는 걸 기다리는 시간은 내게 지옥처럼 느껴졌다. 대학 4년을 이렇게 다닐 순 없었다. 내가 할 수 있는 건 두 가지였다. 피하거나, 극복하거나. 나는 다행히 극복을 선택했다. 남들의 시선을 피하기보다는, 남들의 시선 앞에 당당히 서 있는 내 모습을 꿈꾸며 이를 악물었다.

발표 공포증을 극복하기 위해 내가 쓴 방법은, 나를 그 공포의 환경에 자꾸 노출 시키는 것이었다. 너무 큰 공포가 아니라 견딜만한 공포에 나를 노출 시키기 시작했다. 처음은 사소한 질문이었다. 사람들 앞에서 질문할 기회가 생기면 질문 거리도 없으면서 일단 손을 들었다. 물론 사람들 앞에서 손을 들고 질문을 하는 것조차 나에겐 엄청난 용기가 필요한 일이었다. 하지만 일단 나섰다. 내게 필요한 건 회피가 아니라 두려움을 마주하는 용기였기 때문이다.

손을 들고 질문하는 걸 반복하니 점점 사람들 앞에서 질문하는 게 익숙해졌다. 참 신기한 일이었다. 질문에 자신감이 생겼다. 그리고 그 자신감을 가지고, 사람들 앞에서 발표할 기회를 만들기 시작했다. 발표할 기회가 생기면, 주제에 대해서 잘 알지도 못하면서 내가 발표를 맡겠다고 나섰다. 여전히 발표는 내게 큰 두려움이었지만, 일단 나섰다. 질문이 익숙해졌던 것처럼 발표 또한 계속 마주하다 보면 익숙해질 거라 생각했다.

그리고 그 생각은 맞았다. 발표를 거듭할수록 내가

무대 위에 서 있는 모습이 익숙해졌다. 친근한 사람들 앞에서 하는 발표가 익숙해졌고, 소규모 인원 앞에서 하는 발표가 익숙해졌고, 낯선 사람들 앞에서 하는 발표가 익숙해졌고, 수백 명이 넘는 큰 규모의 발표가 익숙해졌다. 처음엔 이 모든 환경이 두려웠다. 하지만 계속해서 마주하니 익숙해졌다. 어느새 어떤 환경에서든 긴장하지 않고 능숙하게 발표를 하는 나를 보며, 이런 생각을 했다.

내가 '낯설다'라는 감정을 '두려움'으로 착각한 게 아니었을까? 낯설다는 감정은 익숙해지고 친숙해지면 편안함으로 바뀌는데, 그걸 두려움으로 착각해 자꾸 회피하다 보니 정말로 두려워진 게 아니었을까?

무언가가 낯설어 계속 회피한다면, 그것은 두려움으로 남는다. 하지만 나를 그 낯선 환경에 계속 노출시킨다면, 그것은 어느새 익숙해지고 편안해질 것이다. 회피하면 두려움이 되고, 마주하면 익숙함이 된다. 회피를 선택할 것인가, 극복을 선택할 것인가. 그건 각자의 선택이다.

두려움을 이겨내는 방법은,
두려운 환경에 나를 내던지는 것이다.
회피하지 않고 정면으로 마주하는 것이다.

시작은 불완전하다

시작을 두려워하는 사람들은 바보가 되는 걸 두려워 한다. 완벽해지고 싶은, 또는 완벽해 보이고 싶은 일종의 강박에 시달린다. 만약 본인이 그렇다면 이 한 문장을 기억하면 된다. "시작은 곧 불완전함이다."

운전을 처음 하면 누구나 실수한다. 술을 처음 마시는 사람은 흑역사를 만든다. 자전거를 처음 타면 우스꽝스럽게 넘어지길 반복한다. 시작은 불완전하다. 보통은 창피하고, 우스꽝스럽고, 어리석다. 시작이란 원래 그렇다.

새로운 일을 시작한다는 것은 자신의 불완전함을 마주해야 한다는 뜻이다. 시작 앞에선 모두 그렇다. 그러니 시작하기도 전에 남들에게 바보 같은 모습을 보일까 봐 시작을 미루는 바보가 되지 말자. 웃음거리가 되는 걸 두려워하지 말자. 모든 시작은 자신의 불완전함을 인정하는 것에서부터 시작한다.

순간의 창피함을 견디지 못해 시작하지 않으면,
평생 부끄러움을 안고 살아가야 할지도 모른다.

발 담그기

환상을 가졌던 일에 실제로 뛰어들면 그 환상이 박살 날 때가 있다. 누군가에겐 첫 직장이 그럴 수 있고, 누군가에겐 퇴사 후 기대했던 삶이 그럴 수 있다. 누군가에겐 그토록 원했던 연애가 그럴 수 있고, 누군가에겐 힘든 연애 끝에 성공한 결혼이 그럴 수 있다. 직접 마주한 현실은 당신의 환상을 산산조각 낼 수도 있다.

그럼에도 불구하고 각자의 환상에 발을 담가봐야 한다고 생각한다. 잠깐이라도 발을 담가서 그게 단지 망상이었는지, 사실이었는지 확인해봐야 한다.

생각에서 그치지 않고 비로소 행동했을 때, 환상은

껍질을 벗고 실체를 드러낸다. 실체가 어떻든 그것을 마주해야만 환상에 대한 미련을 지울 수 있다. 미련을 지움으로써 내게 주어진 현실에 더 집중할 수 있다.

발을 담그기 전까지는 제대로 알 수 없다.
발을 담근 후에 현실의 온도를 파악해야만,
발을 뺄지 더 나아갈지 선택할 수 있다.

시작은 어렵다

고등학교 때 서울 땅을 처음 밟았다. 격투기 경기를 보기 위해서였다. 길치인 나는 서울이 두려웠다. 길을 잃어 제시간에 도착하지 못할까 걱정했다. 하지만 막상 서울에 올라와 보니 별것 없었다. 지하철이 처음이라 왼쪽 개찰구에 승차권을 넣고 오른쪽 개찰구로 들어오려다 실패해서 창피함을 당하기는 했지만 그뿐이었다. 서울에 대한 두려움과 걱정은 곧 사라졌다.

입대 전, 첫 해외여행을 떠나기로 했다. 일단 내게 필요한 건 여권이었다. 여권을 만들기 위해 구청을 찾았는데 반명함판 사진이 아니라 여권용 사진이 필요하다고 해서 근처 사진관에 들렀다. 사진관에선 덥수룩한 내 머리를 보더니 귀가 보이지 않으면 안 된다고 했다. 그래서 근처 미용실에 가서 머리를 밀었다. 험악한 모습의 여권 사진으로, 생애 첫 여권을 만들었다. 드디어 출국 날이 다가왔다. 혼자서 비행기를 타는 건 처음이었기에 걱정이 많았다. 만일에 대비해 6시간이나 일찍 공항에 도착했다. 공항에서 친절한 안내원의 안내에 따라 탑승수속을 밟았다. 생각보다 별것 없었다. 괜한 걱정이었다. 해외를 나가는 건, 기차를 타는 것과 크게 다를 게 없었다.

스무 살에 면허를 땄지만 7년간 운전을 해본 적이 없었다. 서른 넘어 장롱에 고이 모셔두었던 면허증을 꺼냈다. 아버지 차를 몰고 가족과 함께 인적이 드문 공단으로 갔다. 아버지가 운전대를 내게 넘겼다. 오만 생각이 다 들었다. 차선을 잘못 바꿔서 사고를 내면 어떡하지? 신호를 잘못 보고 저기 오는 화물차를 받으면 어떡하지? 괜히 운전한다고 했나? 별생각이 다 들었다. 일단 시동을 켜고 가속 페달을 밟았다. 그랬더니 걱정이 사라졌다. 신기하게도 몸은 운전하는 법을 기억하고 있었다.

첫 직장에 들어가 두 달 만에 퇴사를 결심했다. 지하철을 타는 것보다, 비행기를 타고 해외를 나가는 것보다, 운전을 시작하는 것보다 더 두려운 일이었다. 퇴사하면 굶어 죽는 걸로만 알았다. 세상이 끝날 줄 알았다. 일단 인사팀에게 퇴사 의사를 밝히고 간단한 퇴사 절차를 밟고 퇴사했다. 하지만 난 굶어 죽지도 않았고, 세상은 여전히 잘 돌아갔다. 사람의 생은 생각보다 질기다는 사실을 깨달았다.

시작은 항상 두려웠다. 영상 편집하는 법도 모르면서 유튜브를 시작할 때도 그랬고, 커피를 내리기는커녕 커피도 잘 못 마시면서 카페를 시작할 때도 그랬다. 첫 책을 출간할 때도 그랬고, 출판 과정에 대해 아는 것도 없으면서 무턱대고 출판사를 시작할 때도 그랬다. 하지만 이 모든 두려움은 일단 시작하고 나니 대부분 사라졌다. 정말 그랬다. 시간이 지나 두려움은 익숙함으로 변했고, 내가 두려움을 느꼈다는 게 이상해질 정도로 편안함이 찾아왔다.

편안함이 찾아오는 시기는 각자 다르겠지만, 어쨌든 일단 맞서면 두려움은 서서히 사라지기 마련이다. 그러니 두려움에 속지 말고 일단 시작하자. 그리고 두려움이 익숙함으로 변할 때까지 지속하자.

시작할 땐 두렵지만 돌이켜 보면 왜 그랬나 싶다.
시작은 작은 걸 커 보이게 만드는 재주가 있다.

현실 위에 이상

"회사도 답이 없지만, 퇴사도 답은 아니에요. 퇴사하면 생각보다 훨씬 더 힘든 상황이 닥칠 수 있어요. 퇴사하고 잘 살아가고 있는 주변 사람들 따라 무작정 퇴사하다가, 땅을 치고 후회하게 될 수도 있다는 말이에요. 퇴사 후에 겪는 힘듦을 견뎌낼 수 있는 사람이 있고, 그 힘듦에 무너지는 사람이 있더라고요. 잘 생각해보세요. 자기가 생각하기에 자신이 그 정도로 강인한지 고민해볼 필요가 있어요."

퇴사 후의 삶에 대해 막연한 환상을 품는 사람이 있었다. 회사가 답이 아니라는 그에게, 퇴사도 답이 아닐 수 있다고 이야기했다. 막연한 환상 위에 이상을 그리는 게 아니라, 냉정하게 바라본 현실을 바탕으로 이상을 세워야 한다고 말했다. 그리고 자신이 한 선택에 이를 악물고 책임질 준비가 됐다면 어느 선택을 해도, 나는 당신을 응원할 거라는 이야기를 해줬다.

이상은 허공이 아니라,
현실이라는 땅 위에 차근차근 쌓아야 한다.
그래야 쉽게 무너지지 않는다.

공통 답장

"자세한 이야기는 알 수 없지만, 제가 모두에게 드리는 말씀이 있어요. 스스로 선택하고 책임지라는 말이에요. 선택에 대한 책임이 버거워 선택 앞에서 주저하게 되더라도 용기 내어 선택하셨으면 좋겠어요. 그리고 무엇을 선택하든 그 결과에 대한 책임을 최대한 짊어졌으면 좋겠어요. 어떠한 결과가 나오더라도 제가 응원하겠습니다."

어떤 선택을 앞둔 누군가로부터 고민 상담을 요청하는 메시지를 받으면, 위의 글을 복사해 붙여넣는다. 귀찮아서가 아니다. 이 글이, 내가 그에게 해줄 수 있는 이야기의 전부이기 때문이다. 이것보다 진심을 담아 해줄 수 있는 이야기가 없기 때문이다.

스스로 선택하고 온전히 책임지라는 것.
선택을 고민하는 사람에게 해줄 조언의 전부다.

돈 받는 만큼만

내가 회사에 다니는 이유는 단지 돈을 벌기 위해서였다. 내가 하고자 하는 일은 따로 있었다. 퇴근 후 여가를 활용해 내가 원하는 일을 해야만 했다. 그래서 회사에 쏟는 에너지를 줄이기 위해 노력했다. 주어진 업무만 처리하고, 그 이상은 하지 않으려고 노력했다. 퇴근 시간이 되면 눈치 보지 않고 퇴근했다. 처음에야 사람들이 눈치를 줬지만, 몇 번 반복하니 내 정시 퇴근에 딴지 거는 사람이 없어졌다.

회사 내에서 나는 말수가 적은 사람, 할 일만 하는 사람, 퇴근 후에 무언가를 열심히 하는 사람이었다. 사람들의 평가에 크게 신경 쓰지 않았다. 회사는 내게 돈을 주는 곳이었고, 나는 내게 주어진 일을 잘하면 된다고 생각했다. 사내 관계, 눈치 보기, 의미 없는 초과 업무 등으로 에너지를 쏟을 순 없었다. 퇴근 후에 내가 진정 원하는 일을 하기 위해서, 난 최대한 에너지를 아껴야 했다.

내 에너지가 넘쳐났다면 회사에 더 많은 에너지를 쏟을 수 있었겠지만, 난 그런 사람이 아니었다. 그래서 받는 만큼만 일했다. 그렇다고 주변에 피해를 주지도 않았고, 할 일을 미루지도 않았다. 내 할 일은 제대로 하고, 그 이상을 하지 않으려 노력했을 뿐이다. 그게 회사와 내가 원하는 일을 병행할 수 있는 나만의 방법이었다.

회사와의 관계는 의리나 정이 아니라,
계약에 의한 관계라고 생각하니 많은 게 명확해졌다.

정말 잘했다

예전에 한 회사에 다닐 때 정말 힘들었어요. 그 당시엔 힘든지 몰랐는데 지금 생각해보면 우울증이었던 거 같아요. 매일 악몽을 꾸고, 한 시간 단위로 눈이 떠졌어요. 잠을 자도 잔 것 같지 않았어요. 시간이 지날수록 피폐해졌죠.

어쩔 수 없다는 말 정말 싫어하는데, 당시엔 어쩔 수 없이 퇴사를 결심했어요. 솔직히 말하면 결심했다기보다 도망치기로 했죠. 새벽에 회사에 몰래 들어가서 퇴사한다는 메모를 남기고 집으로 돌아왔어요. 핸드폰을 끄고 그대로 잠들었어요. 얼마 만에 제대로 잠을 잤는지 몰라요.

물론 절대 이런 식으로 퇴사하면 안 되죠. 근데 다시 돌아간다고 해도 전 똑같이 도망쳤을 것 같아요. 정말 이러다간 죽겠다고 생각했으니까. 어떻게든 도망쳐야겠다고 생각했어요. 남들 시선 신경 쓰면서 억지로 버텼으면 정말 어떻게 됐을지도 모르죠.

그래서 그 당시의 힘들었던 나에게, 그런 선택을 했던 나에게 잘했다고 말해주고 싶어요. 그때 비겁하게 도망친 거, 정말 잘했다고 말해주고 싶어요.

설령 비겁한 일이더라도,
그게 나를 살리는 길이라면,
난 또다시 같은 선택을 할 것이다.

큰 선택을 앞두고
고심했을 당신에게

정말 중요한 순간을 앞두고 많이 고민했을 것이다. 과거의 경험을 다 끄집어내서 선택의 옳고 그름을 저울질해 보고, 그것도 모자라 주변의 모든 지인에게 조언을 구하고 충고를 구했을 것이다. 정말 중요한 선택이기에 신중에 신중을 더해 조금 더 옳은 선택을 하기 위해 고심했을 것이다.

그런 당신에게 말해주고 싶다. 그 정도로 애써 고민했다면 그게 곧 옳은 선택이라고. 더 마음이 가는 쪽으로 과감히 선택해도 된다고. 어차피 선택의 결과는 아무도 장담할 수 없기에 그 무엇을 택해도 상관없다고. 그러니까 당신이 밤새 끙끙거리며 고민한 그것이, 몇 번을 다시 생각해 봐도 마음이 가는 그것이 최선이라고 감히 말해주고 싶다.

더 고민하는 건 의미가 없다.
지금 당신이 한 그 선택이 최선이다.
지금부터 해야할 건 그 선택을 옳게 만드는 것이다.

자유와 방종

자유엔 반드시 책임이 따른다. 하지만 방종엔 책임이 없다. 자신의 선택을 책임지지 못하고 회피하거나 남에게 전가한다면, 그건 자유가 아니라 방종일 뿐이다. 자신이 말하는 자유가 방종은 아닌지 돌아볼 필요가 있다.

선택은 가볍고 후회는 무거운 건 방종이다.
선택은 묵직하고 후회는 가벼운 건 자유다.

자유, 선택 그리고 책임

나는 여전히 자유를 꿈꾼다. 과거에도 그랬고, 지금도 그렇다. 아마 미래의 나도 자유를 꿈꿀 것이다.

자유를 꿈꾸던 과거의 내겐 책임이 없었다. 자유를 울부짖었지만, 내 멋대로의 선택만 있었을 뿐 책임은 없었다. 자유와 방종을 크게 착각하고 있었다. 책임질 힘이 없었기 때문에 선택이 가벼웠고, 무거운 책임 앞에선 선택을 망설였다. 내게 정말 소중했던 것을 떠나보내고 나서야 책임에 대한 중요성을 깨달았다.

그래서 지금의 나는 선택에 앞서 책임을 생각한다. 무엇을 선택하기에 앞서 어떤 결과가 나오더라도 책임질 준비가 됐는지 묻는다. 그에 대한 내 마음의 대답을 듣고 난 후에는 과감히 선택한다. 나의 선택이 옳은지 그른지를 따지는 게 아니라 내가 선택의 결과를 수용하고 짊어질 수 있는지를 묻는다. 과거의 나도 자유를 추구했고 현재의 나도 자유를 추구하지만, 그 둘엔 매우 큰 차이가 있다.

물론 이런 마음가짐을 가지는 것과 실제로 행하며 사는 것은 다른 일이다. 그런 마음가짐을 갖기도 쉽지 않은 일인데, 그것을 행하며 사는 건 더욱더 어려운 일이다. 하지만 최선을 다해 그렇게 살아가려 노력한다. 내가 마음 가는 대로 선택하고 결과에 대한 책임을 온전히 지기 위해 노력한다. 나는 자유롭게 살고 싶기 때문이다. 선택과 책임이 있을 때, 자유는 존재하기 때문이다.

자유는 의외로 쓰고 고통스럽다.

그래도 나는 자유를 추구한다.

그 삶이 고달플지라도 그렇게 살길 원한다.

내가 그렇게 살기로 선택했기 때문이다.

선택한 이상 선택에 책임져야 하기 때문이다.

다른 속도로

걷고 있는 당신에게

내 시간 속에

내 시간 속에 살았으면 좋겠다.

내 시계가 고물이든 명품이든
다른 사람보다 시간이 빠르게 가든 느리게 가든
주변일랑 신경 쓰지 않고
그냥 내가 흘러가는 속도 그대로
그렇게 살아가고 싶다.

남들 빨리 간다고
내 태엽 억지로 빨리 감다 부러지는 삶 말고
남들이 어떤 속도로 가든
그냥 내 마음 따라 걸어가고 싶다.

늦었지만, 늦지 않았던

고등학교 때 나와 항상 같이 하교하던 친구가 있었다. 워낙 입담이 좋아 내 배꼽을 잡게 만드는 친구였다. 그런데 어느 날 갑자기, 친구가 이렇게 말했다.

"나 연기 배워보려고."

진심인지 농담인지 몰라 당황하는 내게, 친구는 연기와 관련된 전공에 갈 거라고 말했다. 농담은 아닌 듯했지만, 수능이 몇 달 남지 않은 시점이었다. 나는 할 수 있을 거란 말 대신 열심히 해보란 말밖에 할 수가 없었다.

친구는 뒤늦게 연기 학원에 다니더니 놀랍게도 연기 전공으로 대학에 입학했다. 그리고 우수한 성적으로 학교를 졸업했다. 나는 친구가 자신의 전공을 살려 개그 또는 연기를 할 거라고 생각했다. 그런데 어느 날, 나와 술을 마시던 친구는 이렇게 이야기했다. "나 대학 다시 들어가려고." 안 그러려고 했지만, 그의 선택이 늦었다는 생각을 머리에서 지울 수가 없었다. 나는 좋은 선택이라는 말 대신 또다시 열심히 해보란 말밖에 할 수가 없었다.

친구는 머리를 삭발하고 수능 시험을 준비했다. 그러더니 한동안 연락이 되지 않았다. 그로부터 2년 후, 친구는 원하던 국어교육과에 입학했다. 그의 나이 스물일곱이었다. 나는 다음 계획이 뭐냐 물었다. 그는 대학원에 진학해 학원 강사가 될 거라고 했다. 이제는 친구의 말을 의심할 수 없었다. 할 수 있을 거란 생각이 들었다. 몇 년 뒤, 실제로 그는 대학을 졸업하고 학원 강사가 됐다.

돌이켜 보니 알게 모르게 나도 그의 영향을 꽤 받았

던 것 같다. 나이를 상관하지 않고 연기를 꿈꾸고, 대학 입학을 꿈꾸고, 학원 강사를 꿈꾸던 친구. 꿈꾸는 것에서 그치지 않고 실제로 행동하는 그를 보며 큰 용기를 얻었고, 나 또한 뒤늦게 무언가를 시작하고 도전했던 것 같다.

그 친구는 지금 뭘 하고 있냐고? 친구는 지금 대학원에 다닌다. 이제 그가 뒤늦게 무언가에 도전한다고 하면 그저 고개를 끄덕인다. 아니, 늦었다는 생각 자체를 하지 않게 된다. 그의 도전을 지켜보면서, 도전엔 속도가 중요하지 않다는 걸 깨달았기 때문이다. 새로운 선택, 새로운 삶을 시작한다는 선택엔 나이가 중요하지 않다는 걸 깨달았기 때문이다.

도전의 장애물은 나이가 아니다.
나이가 들어 늦었다고 생각하는 자신의 마음이다.

부러운 삶

직장을 다니는 친구가 자신의 직장 생활을 푸념하며 사업하는 친구에게 말했다. "난 네가 진짜 부럽다. 이른 나이에 사업 시작해서 직원도 거느리고, 시간도 자유롭게 쓰고 말이야. 난 집, 회사, 집, 회산데. 부럽다, 부러워."

사업하는 친구가 자신의 불안을 이야기하며 직장을 다니는 친구에게 말했다. "부럽긴 무슨. 난 네가 더 부럽다. 직원들 월급 챙기느라, 세금 신경 쓰느라, 얼마나 골치 아픈데. 매달 압박 때문에 스트레스가 장난이 아니야. 요즘 머리가 한 움큼씩 빠진다니까. 나도 너처럼 월급 받으면서 맘 편하게 살고 싶다."

보통 그렇다. 사람은 자신이 누리고 있는 삶에 대해선 불평하지만, 자신이 경험해보지 못한 삶은 동경한다. 자신이 누리는 삶에선 단점을 보지만, 자신이 누리지 못한 삶에선 장점을 쏙쏙 잘도 뽑아낸다.

내가 부러워하는 타인의 삶에도 고통이 가득한데. 내가 푸념하는 내 삶이 누군가에겐 부러움의 대상인데. 내 삶과 타인의 삶을 비교하는 게 내 삶을 비참하게 만드는 지름길인데. 우린 날 부러워하고 있을지도 모를 타인의 삶을 부러워하느라 스스로 삶을 비참하게 만들고 있는 게 아닐까.

타인을 비추던 거울의 방향을 내 쪽으로 돌릴 때,
비로소 진정한 내 삶이 시작된다.

전혀 괜찮지 않아

자신은 괜찮다고 생각하지만, 사실은 전혀 괜찮지 않을 때가 있다. 회사에 입사하고 3달간의 수습 기간을 보냈다. 내가 하는 일은 별것 없었다. 선배들을 따라다니면서 어떤 일을 하는지 어깨너머로 배우는 게 전부였다. 회식이 좀 잦고, 과음이 이어지긴 했지만, 그 정도야 견딜만한 일이라고 생각했다. 아침 7시 반에 출근해 밤 10시에 퇴근했다. 전날 과음을 하면 사우나를 가거나, 다리 아래 차를 주차해놓고 낮잠을 잤다. 그게 내가 하는 일의 전부였다. 괜찮지 않을 이유가 없었다. 아니, 그렇다고 생각했다.

그러다 언젠가부터 잠이 오지 않기 시작했다. 겨우 잠이 들면 아무 이유 없이 잠이 깼다. 그래도 조금 피곤할 뿐, 큰 문제는 없다고 생각했다. '살다 보면 피곤할 때도 있고, 잠이 잘 안 올 때도 있지.'라고 대수롭지 않게 생각했다. 그러다 악몽을 꾸기 시작했다. 꿈에서 나는 수도 없이 죽었다. 죽임을 당했다. 사람들이 내 사지를 잡아당기기도 했고, 시퍼런 칼을 든 남자가 내 뒤에 서 있기도 했다. 한 번은 너무 놀라 잠에서 깼는데, 꿈에 나왔던 남자가 내 방 한가운데 서 있었다. 나는 미친 사람처럼 그 남자를 향해 팔다리를 휘저었다. 눈을 떠보니 아무도 없었다. 헛것을 본 것이었다.

그쯤이면 내가 괜찮지 않다는 걸 알았어야 했는데, 그땐 그것마저도 괜찮다고 생각했다. '이상하게 악몽을 자주 꾸네, 수면제라도 먹어야 하나?' 이런 생각으로 나 자신을 속이고 있었다. 내 몸에서는 전혀 괜찮지 않다고 말하고 있었지만 나는 그 말들을 무시했다. 괜찮다고, 별일 아니라고 합리화했다. 하지만 퇴사하고 맨정신이 돌아왔을 때야 깨달았다. 내가 정말 괜찮지 않은 상태였다는 걸.

자기 자신은 괜찮다고 생각하지만, 사실은 괜찮지 않을 때가 있다. 현재를 잘 견뎌보려고 괜찮다는 생각으로 자신을 속일 때가 있다. 그래. 가끔은 속여야 할 때도 있다. 괜찮다며 자기 자신에게 주문을 걸어야 할 때도 있다. 하지만 가끔은 몸이 보내는 신호에 귀를 기울일 필요도 있다. 몸이 계속해서 '나, 지금 전혀 괜찮지 않아.'라고 말한다면, 그땐 그 말을 들어줘야 한다. 계속 무시하다 너무 뒤늦게 알아챘다면, 그땐 정말 돌이키기 힘들 정도로 무너져버린 나 자신을 마주해야 할 수도 있으니까.

마음이 견딜 수 없는 한계에 이르면
몸이라는 수단을 통해 나에게 말을 건다.
그땐 모든 걸 멈추고 그 말에 귀를 기울여야 한다.

이제 겨우

"이제 겨우 10년 했어요." 음악을 10년 동안 해온 한 뮤지션의 입에서 나온 말이었다. 그는 이어서 이렇게 말했다. "앨범 하나 망했다고 의기소침할 필요가 뭐가 있어요. 어차피 음악 평생 할 건데. 최대한 장기전이에요. 앞으로 50년은 더 남았어요." 정말 공감했다. 내가 무언가를 정말 좋아한다면 평생을 생각할 거고, 평생을 생각한다면 전혀 조급할 필요가 없겠지.

자신이 하는 일을 사랑하는 사람은 조급하지 않다.
순간이 아닌 평생을 생각하기 때문이다.

지하철 풍경

무기력하게 지하철을 타고 가다 맞은 편의 사람들을 빤히 쳐다봤다. 한 아주머니는 시장에서 일이 끝나셨는지 남은 과일들이 장바구니에 잔뜩 담겨 있었다. 옆에 있는 학생은 시험공부를 하는지 이어폰을 끼고 뚫어지게 책을 쳐다보고 있었다. 맨 끝에 앉은 남자는 퇴근을 한 직장인이었는지 피로에 절어 꾸벅꾸벅 졸고 있었다. 그리고 그들의 맞은편에 앉은 나는, 퇴사하고 앞으로 무얼 해야 하나, 난 잘 가고 있는 걸까 고민하고 있었다. 문득 지하철의 풍경을 보며 그런 생각이 들었다.

'다 살아가는구나.'
'나도 어떻게든 살아가겠지.'

그래, 고민 없는 사람이 어디 있겠어. 다들 각자의 삶을 살아가는 거지. 각자의 삶에서 불안과 고민을 떠안고 최선을 다해 살아가는 거지.

"다 살아간다. 어떻게든 살아진다."

대책 없어 보이는 이 말이 때론 큰 도움이 된다.

잃어버린 과거를 되찾는 과정입니다

내가 좋아하는 형님이 있다. 처음엔 그를 선생님이라 불렀다. 형이라 부르기 어려운 나이였기 때문이다. 하지만 제발 선생님이란 호칭을 빼달라는 그의 부탁에, 나는 어색하지만 그를 형님이라 부르기 시작했다.

그는 주로 20~30대 청년들이 모이는 토크쇼에 빠지지 않고 참석했다. 다른 어른들처럼 누군갈 가르치려 들지 않았다. 청년들과 소통하고 싶다던 형님은 그들이 하는 말을 가만히 듣고만 있었다. 그러다 한번은 그의 이야기를 제대로 들을 기회가 있었다. 웬만하면 자신의 이야기를 잘 꺼내지 않던 그는 이렇게 말했다. "제가 이곳에 오는 이유는요. 저의 잃어버린 20대를 되찾기 위해서예요. 지금은 비록 백수지만 부모님, 주변의 시선을 신경 쓰며 사느라 놓쳤던 저의 20대를 회복하는 과정이라고 생각합니다. 그래서 이곳에 오는 거예요. 청년들은 어떤 생각을 하며 살아가나 배우고 싶어서요."

잃어버린 20대를 되찾는 과정이라는 그의 말이 참 감동적이었다. 그리고 진솔한 그의 이야기 때문에 다시 한번 깨달았다. 속도가 중요한 게 아니라는 걸. 누군가를 앞서거나, 누군가에게 뒤처지는 게 중요한 게 아니라 내 속도로 지금을 충실히 사는 게 중요하다는걸.

중요한 건 타인보다 앞서 나가는 게 아니다.
내 속도로 내 길을 걷는 것이다.

그만둠에 대한 시선

"너 또 그만두니?" 무언가를 그만두는 것에 대한 사람들의 시선은 곱지 않다. 자주 그만두는 사람에겐 방황, 끈기 부족, 의지박약 등의 단어들이 따라붙는다. "와, 정말 대단하다. 어떻게 그런 걸 시작했어?" 반면 무언가를 시작하는 것에 대한 사람들의 시선은 다소 과장되어있다. 별것도 아닌 일인데 무언가를 시작하고 무언가에 도전했다고 말하는 상대를 한껏 치켜세워준다.

무언가를 그만둬야 무언가를 시작할 공간이 생기는 건데. 시작엔 분명 그만둠이 있었을 텐데. 그만둠과 시작을 바라보는 시선은 이만큼이나 다르다.

당신의 시작을 돌이켜 보라.

그 시작은 언제나 그만둠이었다.

중도 포기

남들보다 늦게 시작하면 나보다 앞서가는 사람들이 많은 건 당연한 거다. 하지만 그들의 속도를 따라갈 필요도 없고, 그들을 앞서 나갈 필요도 없다. 그냥 내 속도에 맞춰 내 목표를 향해 걸어가면 되는 일이다. 늦게 시작했기 때문에 남들보다 약간 뒤처지는 건 큰 문제가 아니다.

하지만 나보다 앞서 있는 그들과 비교하며 너무 늦었다는 생각에 중도 포기한다면, 그건 큰 문제가 된다. 시작하기 전에 망설였던 시간, 용기 내어 그동안 걸어왔던 시간, 남들의 시선에 아랑곳하지 않고 꿋꿋이 버텨왔던 시간이 모두 낭비가 되기 때문이다.

다시 한번 말하지만, 늦은 시작이 문제는 아니다. 그러나 타인과의 비교 때문에 당신이 쏟아왔던 모든 시간을 낭비로 만든다면, 그건 큰 문제가 된다.

늦었다는 생각을 멈추는 방법은 간단하다.
타인과의 비교를 멈추는 것이다.

자기 효능감

이른 나이에 미국의 대학에서 교수가 된 친구와 이야기를 나눴다. 잠깐 한국에 들어와 부족한 시간을 쪼개 나를 만나러 와준 고마운 친구다. 우린 여러 주제로 이야기를 나누다가 결국은 청년들의 고민 문제로 범위가 좁혀졌다. 한참 이야기를 나누다 주제는 자존감으로 더 좁혀졌다.

내가 말했다. "난 자존감이 사실 뭔지도 잘 모르겠어. 굳이 내 맘대로 정의하자면 무언가를 스스로 선택할 힘의 크기 정도인 것 같아. 그리고 그 자존감은 사소한 성공을 거듭하면서 회복된다고 생각해. 나도 뭔가 할 수 있는 사람이라는 걸, 작은 성공을 늘려나가면서 깨닫는 거지."

친구가 이야기했다. "엄연히 말하면 네가 이야기한 건, 자존감이 아니라 자기 효능감이란 거야. 나도 어떤 일을 해낼 수 있다고 믿는 신념 같은 거지. 네 말대로 자기 효능감이 높아지면 자연스레 자존감도 따라서 올라가는 거고."

역시 배운 녀석은 달랐다. 내 이야기를 자기 효능감이란 단어 하나로 정리해 버리다니. 이제 누군가로부터 "자존감을 올리는 방법이 뭔가요?"란 질문을 들으면 이렇게 대답해야겠다. "작은 성공을 늘려나가면서 나도 할 수 있다는 자기 효능감을 키워나가면 자존감은 자연스레 따라올 거예요."라고.

사소한 성공을 늘려나가다 보면,
나 자신을 '할 수 없는 사람'이 아니라,
'할 수 있는 사람'으로 여기게 된다.

꿈이 없어 힘들어하던 친구와의 대화

20대 초반에 꿈이 없는 건, 삶의 목적을 찾지 못해 방황하는 건 당연한 거야. 경험의 폭이 '10'이라면 이제 겨우 '1'을 시작한 건데, 꿈이며 삶의 의미며 목적이라니. 말도 안 되는 소리야. 주변에 자기는 꿈이 확고하다는 친구가 있다고? 내가 장담하는데 10년 뒤에 그 친구 찾아가잖아? 분명 다른 일 하고 있을걸? 나 25살 때 꿈이 뭐였냐면, 국내 기업을 세계로 알리는 마케터였다니까. 그냥 억지로 만들어낸 거였어. 주변에서 다들 꿈을 가지라고 하니까 없으면 불안할 거 같아서 억지로 만든 거야. 기업을 세계로 알리기는커녕 회사만 밥 먹듯이 할 거란 건 생각도 못 했지.

꿈을, 목표를, 삶의 목적을 억지로 만들어내지 않아도 된다는 거야. 그럴 시간에 아무 생각 말고, 결과 따지지 말고 오로지 경험의 폭을 늘리는 데 시간을 쏟는 게 훨씬 이득이란 말이야. 경험의 폭이 넓어지고 그 과정에서 생각이 깊어지다 보면 자기만의 가치관이 생길 때가 있을 거야. 그땐 있잖아? 더는 꿈을 찾으려 하지 않아도, 너는 너만의 무언가를 향해 걸어가고 있을걸? 그러니까 제발 지금은, 엉뚱한 꿈 억지로 만드느라 진땀 빼지 말고 이것저것 경험해보고 이리저리 생각해보자. 그 기간이 꽤 길게 보여도 내가 보기엔 그게 꿈을 찾는 가장 빠른 지름길이니까.

넓게 경험하고 깊이 생각하는 일을 반복하다 보면,
흔들리지 않는 확고한 가치관이 만들어진다.
그때가 되면 꿈은 자연스레 따라온다.

대학에 실망했다는 친구와의 대화

대학생이 되면 제일 먼저 깨닫는 게 있어. '내가 그렸던 모든 게 환상이었구나'라는 거야. 청소년기를 바쳐 그렇게 꿈에 그리던 대학에 입학했는데, 미적지근한 대학 생활에 적지 않게 당황스럽겠지.

근데 네가 문제가 있어서 그런 게 아니야. 그냥 원래 그런 거야. 네가 종지부라고 생각했던 대학은 그저 하나의 연장선일 뿐이거든. 그거 알아? 수능 준비하던 것처럼 대학에선 취업 준비한다는 거. 그냥 고등학교가 대학교가 되고, 수능이 취업이 되는 것뿐이야. 취업하면? 똑같아. 대학교는 회사가 되고, 취업은 승진 또는 이직이 되겠지.

그래도 희망적인 건, 저 트랙을 똑같이 돌지, 아니면 트랙을 벗어나서 다른 길을 밟아볼지 네가 선택할 수 있다는 거야. 누가 선택해주는 게 아니라 내가 선택하는 거지. 대학생이라는 신분으로 세계여행을 떠날 수도 있고, 말도 안 되는 아이템이라고 하더라도 창업에 도전해볼 수도 있고, 휴학하면서 네가 읽고 싶었던 책을 다 읽어볼 수도 있어. 대학교에서 교수님 수업 듣고 학점 따고 토익 공부하고 이런 거 말고. 대학 밖에서 네가 하고 싶은 선택을 원하는 대로 할 수 있다는 말이야.

그러다 그런 것도 지쳐서 다시 트랙 안으로 들어가고 싶으면, 그땐 그냥 다시 들어가면 되는 거고. 난 그렇게 트랙 밖으로 나다녔는데 아직도 못해본 것들에 미련이 남더라니까. 워킹홀리데이 3개국 찍어보기 뭐 이런 거.

대학생이니까 해보는 거지. 그래, 알아. 그런 선택을

하는 게 어려울 수 있어. 근데 내가 장담하는데, 선택은 점점 더 어려워질 거야. 취업하면, 결혼하면, 가정이 생기면 그 선택은 점점 더 어려워져. 그러니까 조금 덜 어려울 때 최대한 선택해보라는 거야. 뒤처질 거 같다고? 이건 진짜 믿어도 되는데…. 그게 진짜 바보 같은 생각이라는 거, 사회에서 뒹굴다 보면 깨닫게 될 거야.

대학교, 실망스러울 수 있어. 그럼 실망해. 그리고 실망한 그 대학교에서 벗어나서 대학생이라는 신분으로 힘껏 자유를 누려봤으면 좋겠다.

사회에 나오고 나서야 비로소 깨달았다.
가장 여유로울 시기에 가장 조급했다는 사실을.

방향만 있다면

지금 당장은 구체적인 목표가 없어도 괜찮다. 방향이 있으면 그 방향으로 나아가면 된다. 내가 정한 방향으로 항해하다 보면 수많은 기회를 만나게 될 것이다. 어떤 기회는 잡고 어떤 기회는 놓아주면서 조금씩 나아가면 된다. 그러다 보면 절대 놓치고 싶지 않은 기회를 만날 것이다. 마음을 온전히 바치고 싶은 무언가를 만날 것이다. 그럼 그곳을 목적지로 정하고, 그곳을 향해 새로운 항해를 시작하면 된다.

서둘러 목표를 정하지 않아도 된다.
내가 나아갈 방향을 정하는 게 우선이다.

지금을 잘 사는 사람은
과거를 팔지 않는다

"네 나이가 좋을 때다. 내가 왕년엔 말이야…."

자꾸 왕년을 들먹이면서 자기보다 나이가 어린 사람에게 '네 나이가 진짜 좋을 때다.'라고 말하는 사람들의 공통점이 있다. 정작 자신은 왕년에도 좋은 날을 보내지 못했다는 것이다.

자신의 삶을 즐기며 잘 살아온 사람은 과거에 얽매이지 않는다. 좋은 날을 회상하며 서글픈 현재를 위로하지 않는다. 자신이 살아가는 지금이 가장 좋을 때라는 걸 잘 알고 있다.

지금을 잘 사는 사람은 굳이 과거를 팔지 않는다. 과거에 머물지 않는다. 과거를 에너지 삼아 미래로 나아간다. 진정 왕년을 잘 산 사람은 굳이 지나간 날을 들먹이지 않아도, 지금 당장 빛을 발한다.

지금을 잘 사는 사람은 굳이 과거를 팔지 않는다.
과거를 팔지 않아도 지금 당장 빛을 발한다.

잠시 머물다 지나가도록

가끔 내가 앞으로도 뒤로도 가지 못하고, 그 사이 어딘가에 턱 막혀 멈춰 서 있는 것 같은 느낌이 들 때가 있다. 해결해야 하는 문제가 있지만 해결할 수 없음을 깨달을 때, 돌이키고 싶지만 돌이킬 수 없고, 앞으로 나아가고 싶어도 나아갈 힘이 없을 때. 그럴 땐 그 문제가 잠시 머물다 가도록 놔두는 것도 방법이다.

억지로 나아가기 위해 힘쓰거나 잘못된 일을 돌이키기 위해 애쓰는 것보다 그냥 흘러가게 놔두는 게 더 좋은 방법일 수 있다. 해결할 수 없는 문제를 지금 당장 없애려고 자신을 괴롭히기보다는 잠시 머물다 지나가도록 놔두는 게 더 나은 방법일 수 있다.

거센 물살을 막으려고 애쓰는 것보다,
물살이 흘러갈 때까지 기다리는 게 나을 때가 있다.

흔들리는 이유

뿌리가 깊어서 흔들리는 거야.

뿌리가 깊고 단단하지 않았으면

바람 부는 방향으로 아무 고민 없이 날아갔겠지.

네가 지금 흔들리는 이유는

그만큼 네 뿌리가 깊어서야.

뭐가 그리 급했을까

대학 시절, 나름 많은 일을 해봤다고 자부하는데 아직도 미련이 남는 일이 있다. 워킹홀리데이 비자로 3개국을 찍어보고자 했던 꿈을 접은 것이다. 스물넷에 워킹홀리데이 비자를 받아 호주를 다녀온 나는, 2년 후에 캐나다로 떠나려고 했다. 그런데 비자 신청을 하려고 서류를 작성하다가 펜을 놓고 생각했다. "내가 지금 뭐 하고 있는 거지? 다른 애들은 다 취업 준비하고 있는데 나 혼자 도대체 뭐 하는 거야? 이 정도 나이 먹었으면 이제 정신 좀 차려야 하지 않을까?" 나는 작성하던 서류를 찢어 휴지통에 버렸다.

그로부터 오랜 세월이 흐른 지금에도 유일하게 아

쉬움이 남는 게 바로 이 일이다. 남들보다 뒤처질까 봐 불안해서 내 꿈을 접은 일. 지금 생각하면 참 웃기다. 남들이 다 취업 준비한다고 해서 나도 그들을 따라 서두르려고 했던 게. 몇 년 더 여행하는 게 남들보다 뒤처지는 일이라고 생각했던 게. 스물여섯이란 나이가 무언가를 시작하기엔 늦은 나이라고 생각했던 게. 그때로 잠시 돌아갈 수 있다면 내게 이렇게 말할 텐데.

"그냥 가. 넌 네가 늦었다고 생각하지? 네가 나이 좀 먹었다고 생각하지? 근데 너 정말 어려. 진짜 말도 안 되게 어린 나이라고. 지금이 불안하겠지만, 어차피 나중에도 넌 불안할 거야. 남들 따라 취업하고 회사 다녀도 넌 불안할 거라고. 그러니까 지금 좀 불안한 거 그냥 집어삼키고 네가 하고 싶은 대로 해. 그래도 네 인생 큰 문제 없이 굴러갈 거니까. 오히려 나중에 큰 미련 하나 지울 수 있을 테니까."

하고 난 일에는 후회가 남고
하지 않은 일에는 미련이 남는다.
굳이 둘 중 하나를 택해야 한다면
미련보다는 후회를 남기는 삶을 택하고 싶다.

자기소개

"안녕하세요. 저는 녹즙 배달을 하고 있지만 배우입니다." "안녕하세요. 저는 택시 기사를 하고 있지만 배우입니다." "안녕하세요. 저는 막노동을 하고 있지만 배우입니다."

연극 배우들이 모여 서로를 소개하는 자리였다. 모두 다른 직업을 가지고 있지만 그들의 꿈은 같았다. 그들에게 직업은 꿈을 위한 수단에 지나지 않았다. 그래서 그들의 꿈도, 그 꿈을 지켜내기 위한 직업도 너무나 빛나 보였다.

목적이 분명한 수단은 어디서든 빛을 발하지만,
목적 없는 수단 뒤에는 공허한 그림자 드리워진다.

이른 나이에 고민이 많아 너무 힘들었다. 뭘 해 먹고 살아야 하나, 어떻게 사는 게 행복하게 사는 건가, 지금 이게 맞는 선택일까, 지금 이 길이 내게 맞는 길인가? 고민은 끝이 없었다. 내게 친구들은 이렇게 말했다. "야, 그렇게 고민할 시간에 취업 준비나 해. 뭘 그렇게 유별나게 굴어?"

난 유별나게 살고 싶은 게 아니었다. 그저 내가 좀 더 행복하게 살 수 있는 길을 찾고 싶을 뿐이었다. 하지만 그 길을 찾기가 너무 힘들었다. 그래서 친구의 말처럼 그 유별난 고민을 끊고, 닥치고 취업 준비나 하고 싶었다. 하지만 그게 안 됐다. 고민은 끊이지 않았다. 취업하고 나서도 그랬다.

남들은 별 고민 없이 직장을 다니는 것 같았는데, 나는 그렇지 못했다. 퇴사와 입사를 반복하며 계속해서 고민했다. '어떻게 사는 게 잘 사는 건가?' 따위의 질문을 계속했다.

그리고 지금은, 그때 했던 고민을 거의 하지 않는다. 그러나 그때 내게 유별나게 굴지 말라던 친구들은 이제야 고민을 시작했다. 나보다 이른 나이에 취업하고, 나보다 빨리 사회생활을 하고, 나보다 모든 게 빨랐던 친구들은 요즘 내게 묻는다. "야, 내가 가고 있는 길이 맞는 걸까? 요즘 사는 게 별로 재미가 없다. 별로 행복하지 않아."

고민의 시기가 이른 사람은 힘들 수 있다. 하지만 주눅들 필요 없다. 누구나 자신의 삶에 대해 깊이 고민하는 시기는 찾아오는 거니까. 그 시기가 각자 다를 뿐이니까. 마지막으로 고민이 너무 많아 힘든 당신에게 조금 희망적인 이야기를 하자면, 뒤늦게 방향을 잃어 고민을 시작하는 사람들 사이에서 '아, 일찍 고민해서 다행이다.'라고 생각하는 시기가 분명히 올 것이다. 뒤늦게 방황하는 사람들을 뒤로하고, 깊은 고민을 통해 찾은 당신만의 길을 신나게 걸어갈 때가 분명히 올 것이다.

수단을 먼저 고민하는 사람이 있는 반면,
목적을 먼저 고민하는 사람이 있다.
그저 고민하는 순서가 다를 뿐이다.

평범한 삶입니다

"다들 평범하게 사는데 도대체 너만 왜 그래?"

"그들에게 평범한 삶이 내겐 전혀 평범하지 않으니까요. 당신이 유별나다고 생각하는 그 삶이, 내겐 지극히 평범한 삶이니까요. 평범의 기준은 사람마다 다른 거예요. 그러니까 난, 지극히 평범한 삶을 살고 있다는 말이에요"

타인의 마음이 편한 삶이 아니라,
나의 마음이 편한 삶을 택해야 한다.

마음이 힘들 때
보이는 것들을 조심하라

나도 별수 없었다. 졸업을 앞둔 학생에게 취업에 대한 압박은 차별 없이 찾아왔다. 어디로 발을 내디뎌야 할지 마음을 정하지도 않았는데, 벼랑 끝에 내몰린 기분이었다. 그래서 덜컥 눈에 보이는 회사에 입사지원서를 내밀었다. 섣부른 판단이었다는 걸 깨닫기까지는 그리 긴 시간이 걸리지 않았다. 난 두 달 만에 퇴사하고 말았다.

퇴사하고 여기저기 떠돌면서 내 삶의 방향을 정하고 싶었다. 하지만 20대 후반의 지극히 평범한 청년에게 삶은 그런 시간을 허락해주지 않았다. 빠져나가는 생활비는 그대로인데, 들어오는 수입은 없었다.

줄어가는 잔고의 압박이 마치 사방에서 밀려오는 콘크리트 벽 같았다. 그래서 또 덜컥 눈에 보이는 회사에 지원했다. 전에는 보지 못한, 아마 앞으로는 다시 보지 않을 최악의 회사였다. 누굴 탓하겠는가. 섣불리 움직였던 내 탓이었다.

실수였다. 평소 같으면 하지 않았을 미련한 선택이었다. 하지만 마음이 힘든 상태에서는 눈이 흐려지고, 귀가 먹먹해지고, 섣불리 움직이게 되는 법이다. 마음이 힘들면 눈에 띄지 않던 게 갑자기 눈에 띄는 법이다. 그러니 마음이 힘들 때 눈에 보이는 것들을 조심해야 한다. 눈에 보인다고 섣불리 잡아서는 안 된다. 그때의 실수가 내 발목을 잡을 수도 있으니까.

마음이 힘들 때 눈에 띄는 것들을 경계하라.
보통은 그런 것들이 후회를 짙게 남긴다.

기웃거리는 걸 멈추지 않았으면

금세 한 곳에 싫증이 나는 게, 시작한 지 얼마 안 돼 그만두는 게, 하나도 똑바로 못하면서 다른 일에 관심을 두는 게 잘못된 건 아니다.

처음부터 전력을 다하다 뒤늦게 돌아서는 사람이 있고, 방황을 일삼다 늦은 나이에 한곳에 머무는 사람이 있다. 하나를 진득하게 파서 끝장을 보는 사람도 있지만, 이것저것 들쑤시다 진득하게 파고 싶은 무언가를 뒤늦게 만나는 사람도 있다. 이건 옳고 그름의 문제가 아니다. 그저 속도의 문제다.

그러니 여기저기 기웃거리는 걸 멈추지 않았으면 한다. 방황하다 머물고 싶은 곳을 만날 때까지 계속 싫증 내고, 그만두고, 다른 것에 관심을 가졌으면 한다. 진득하게 눌러앉아 있는 사람들 보면서 비교하다 기웃거리길 그만두지 않았으면 한다.

시간이 흐를수록 깊이 깨닫는다.
방황이 없었다면 지금의 내 삶도 없으리란 사실을.

불안한 존재

스무 살의 나는 불안했다. 30대가 되면 그런 불안이 사라질 거라 믿었다. 내가 그리던 30대는 안정적이고, 여유롭고, 평안한 삶이었다. 무엇을 해 먹고 살지 고민하지 않아도 되고, 불안한 미래에 대해 걱정하지 않아도 되는 그런 삶일 거라 생각했다.

30대가 됐지만 변한 게 없었다. 오히려 고민의 깊이는 더 깊어졌다. 무엇을 해 먹고살 것인가에 대한 고민은 끝나지 않았다. 게다가 나는 어떤 삶을 살아야 하는가, 나는 왜 존재하는가에 대한 고민이 더해졌다. 그리고 미래는 여전히 내게 불안한 영역이었다.

40대가 되면 불안이 사라질까? 내가 20대에 그리던

안정적이고 여유로운 삶을 살아갈 수 있을까? 40대가 된다고 해서 달라지는 건 없을 것이다. 난 여전히 불안하고, 고민하고, 질문하며 살아갈 것이다. 평생 그렇게 살아갈 거란 걸 알기에 난 이제 안정적이고, 평안한 삶을 꿈꾸지도 않는다. 인간은 본래 불안한 존재인 것 같다. 아니, 그냥 그게 나란 사람인 것 같다.

불안을 완전히 없앨 수는 없다.
다만, 불안을 대하는 태도는 내가 선택할 수 있다.

문과였지만 수능 언어 시험을 망쳐서 좌절하다가 언어 성적을 보지 않는 공대로 진학한 친구가 있다. 그 친구는 현재 박사 학위를 받아 미국에서 연구원으로 살고 있다. 학창 시절엔 주변의 우려를 살 정도로 공부를 멀리하더니 뒤늦게 마음을 먹고 공부를 시작해 공기업에 취업한 친구도 있다. 계속해서 공무원 시험에 미끄러지기를 반복하다 몇 번의 재도전 끝에 공무원이 된 친구도 있다.

지금의 힘든 순간이 계속해서 이어진다는 법은 없다. 지금 힘들다고, 지금 남들보다 뒤처졌다고, 지금 방황한다고 해서 내 삶이 계속해서 그럴 거란 법은 없다. 십 년 전의 친구들 모습과 지금 그들의 모습을 비교해 보면, 그들의 삶이 이렇게나 많이 변화했다는 사실에 놀란다. 그리고 우리가 그토록 힘들어했던 순간이, 지금은 그저 추억이 됐다는 사실에 웃음이 난다.

당신의 삶도 그럴 것이다. 지금의 순간이 영원하진 않을 것이다. 지금이 너무 힘들어 앞이 보이질 않는다는 사람들에게, 지금이 영원할 거란 생각은 접어뒀으면 좋겠다고 말하고 싶다. 어떻게든 인생은 변하니까. 당신이 생각하는 대로 또는 당신이 생각지 못한 방향으로.

영원히 머무는 건 없다.
기쁨도, 슬픔도 언젠가는 흘러가기 마련이다.

마음껏 설쳐보자

유재석을 만난다고 설친 적이 있다. 지인에게 유재석과 가장 가까운 사람을 소개받고, 그 사람의 지인을 또 소개받고, 그렇게 지인의, 지인의, 지인을 만나다 보면 언젠가는 유재석을 만날 거라고 생각했다. 그래서 유재석 만나기 프로젝트를 진행한다고 설치다가 거의 시작도 하지 않고 접었다. 딱히 유재석을 만나야 할 이유를 찾지 못했기 때문이다. 먹방을 찍는다고 설친 적이 있다. 비싼 돈 주고 ASMR 마이크도 샀다. 채널도 개설하고 썸네일도 만들고 채널 홍보도 하고 실제로 먹는 영상을 몇 개 찍어 업로드했다. 그리고 먹방을 접었다. 이걸 오래 하긴 힘들다고 생각했다. 나는 잘 먹지 못한다는 걸 깨달았기 때문이다.

이 외에도 뭘 한다고 설쳤다가 소리 없이 접은 게 수두룩하다. 하지만 모든 걸 접은 건 아니다. 그렇게 설치다가 뜻밖의 결과를 낸 것도 있고, 아직 이어나가고 있는 것들도 있다. 책이 그랬고, 출판사가 그랬고, 오랜 기간 이어온 꿈톡이라는 커뮤니티가 그랬다. 무엇을 시작한다고 해서 설치다가 접는 건 문제가 되지 않는다. 설치는 나를 바라보는 시선이 두려워 아무것도 시작하지 않는 게 문제지. 그러니 마음껏 설쳐보자. 금방 접더라도 일단 시작하자. 그렇게 시작하고 접기를 반복하다 결국엔 절대 접고 싶지 않은 무언가를 만날 것이다. 그럼 당신은 자연스레 접기를 그만두고 어떻게든 지속하려 최선을 다할 것이다. 그리고 그건 곧 당신의 꿈이 될 것이고, 당신의 삶을 만들어줄 것이다.

시작하고 금방 포기할지언정,
시작도 하지 않고 포기하는 사람은 되지 말자.

처음부터 꿈이 있을 필요는 없다. 내가 나아갈 방향만 정해지면 된다. 그 방향으로 걸어가다 보면 그 길 위에서 일도 만나고, 동료도 만나고, 삶의 무게를 나눌 인연도 만날 것이다.

모든 걸 잡을 필요는 없다. 어떤 건 잡고 어떤 건 놓아주며 그 길을 걸으면 된다. 아쉽겠지만 걷는 과정에서 많은 것이 떠나갈 것이다. 반면 당신 곁을 끝까지 떠나지 않는 것이 있을 것이다. 네가 내 곁을 떠나지 않았던 것처럼 나도 널 절대 놓치지 않을 거야, 하고 다짐하게 만드는 것이 있을 것이다. 당신은 그것을 절대 놓치고 싶지 않을 것이다. 그게 곧 당신의 꿈일 것이다.

아직 길을 나서지 않은 사람들이 묻는다.

꿈이 없는데 어떡하냐고.

그럼 나는 말한다.

아직 발도 떼지 않았는데,

어떻게 자신만의 길을 걸을 수 있겠냐고.

많은 추억을 가진 사람

여행하면 뭐가 좋을까. 뭐가 남을까. 돈은 돈대로 깨지고, 시간은 시간대로 빠지고. 결국 남는 건 추억밖에 없다. 우리가 그날 이곳에 있었구나, 하는 추억.

추억이 밥을 먹여주는 건 아니다. 승진에 도움이 되는 것도 아니고, 다들 열 올리는 재테크에 도움이 되는 것도 아니다. 그저 회상했을 때, 잠시 웃게 만들어 줄 뿐이다.

그래도 난 추억을 많이 쌓고 싶다. 더 많은 나라에서 더 많은 추억을 쌓고 싶다. 항상 생각한다. 죽기 전에 돈이 많은 사람보다는 추억이 많은 사람으로 남고 싶다고.

죽기 전, 태양이 내리쬐는 하늘을 보며 뜨거웠던 튀르키예의 지중해 바다를 떠올리고 싶다. 반짝이는 도심 풍경을 보며 에펠탑이 반짝이던 파리를 떠올리고 싶다. 수북이 쌓여 있는 눈을 보며 프랑스의 샤모니 마을에서 본 몽블랑을 떠올리고 싶다. 떨어지는 낙엽을 보며 가을마다 찾았던 시애틀의 길거리를 떠올리고 싶다.

두꺼운 껍데기를 짊어진 사람이 아니라 많은 추억을 품은 사람으로 생의 마지막을 맞이하고 싶다. 이 친구, 인생 하나는 참 재밌게 살다 갔어, 라고 기억될 수 있는 사람으로 남고 싶다.

삶의 마지막에 무엇을 남기고 싶은가.
그에 대한 답이 곧 당신이 따라야 할 길이다.

좋은 경험이다

삼촌은 다른 어른들과 다르다. 좋은 결과를 가져다 줄 경험을 해보라는 보통의 어른들과 달리 네가 겪고 있는 모든 경험이 다 좋은 경험이라고 말한다. 남들이 나쁘다고 말하는 경험도, 나쁜 결과를 낳아 자신을 좌절하게 만드는 경험도 다 좋은 경험이라고 말한다. 다른 누군가가 아니라 삼촌이 그렇게 말씀하시니, 나는 그렇다고 고개를 끄덕거릴 수밖에 없다. 스님이 되겠다며 부모님 몰래 출가했던 경험, 결국 부모님께 잡혀 군대에 가야 했던 경험, 군대를 전역하고 돈 한 푼 없이 미국으로 떠났던 경험, 미국에서 다시 스님이 되기 위해 먼 길을 떠났지만 사기를 당했던 경험, 사기를 당해 노숙자 생활을 했던 경험, 돈을 벌기 위해 막노동을 했던 경험, 한의학에 관심이 생겨 뒤늦게 공부를 시작했던 경험, 박사 학위를 받기 위해 두 시간이 넘는 거리를 운전하며 통학했던 경험. 이 모든 게 지금은 미국에서 한의원을 하고 계시는 삼촌이 했던 경험들이다.

삼촌의 말대로 다 좋은 경험이다. 나를 웃게 하는 경험도, 나를 슬프게 하는 경험도, 나를 힘들게 하는 경험도, 고통스러워 모든 걸 놓아버리고 싶게 만드는 경험마저도 모두 좋은 경험이다. 지금은 힘들더라도 이 경험들이 지금의 나를 조금 더 단단하게 만들어주겠지. 훗날, 지금의 고통 덕분에 내가 성장해 있겠지. 시간이 지나면 나도 누군가에게 '다 좋은 경험이야.'라고 말할 수 있는 날이 오겠지.

시간이 흐르면 모두 다 좋은 경험이 된다.
힘든 경험마저도 나를 성장하게 만드는 거름이 된다.

괜찮아, 잘하고 있어

서른을 앞두고 아르바이트를 하는 내게, 주변에선 우려의 시선을 보냈다. 대부분 나를 잘 모르는 사람들이라 별 신경을 쓰지는 않았지만, 나도 흔들릴 때가 있었다. 나를 잘 아는 사람들, 나를 굉장히 아끼는 사람들이 나를 걱정할 때였다. 그들 모두 나를 위하는 마음이었을 것이다. 뭐 하나 도움이라도 되고자 하는 마음에 조언과 충고를 아끼지 않았을 것이다. 하지만 내가 그들에게 바랐던 건, 조언이나 충고 따위가 아니었다. '괜찮아, 잘하고 있어.' 내가 듣고 싶었던 건, 이 말 한마디였다.

뭘 해야 할지 몰라 방황하는 게 아니었다. 내가 원하는 것을 추구하는 과정이 쉽지 않아 힘들었을 뿐이었다. 그런 내게 사람들은 걱정 섞인 목소리를 쏟아냈지만, 그 당시의 내게 필요했던 건 그들의 걱정이 아니었다. 내게 필요한 건 그 길을 걸어가도 괜찮다는 말, 잘 걸어가고 있으니 걱정하지 말라는 말이었다. 그 말을 듣는 게 그렇게 어렵더라. 그래서 주변에 그런 사람들이 보이면 별다른 말 하지 않고 그저 응원한다. 그들은 길을 걷기 싫어서 발을 빼는 게 아니라, 힘든 길인 거 알지만 감내하고 애써 걸어 나가는 중이니까. 최선을 다해 그들의 길을 헤쳐 나가는 중이니까.

괜찮아.

잘하고 있어.

그 길을 걸어가도 괜찮아.

잘 걸어가고 있으니 걱정하지 마.

나만의 속도에 맞춰 나만의 길을 걷고 있는 당신의 삶을 사람들은 못 견딜 것이다. 걷지 말고 뛰라고, 그쪽이 아니라 이쪽이라고 조롱하고 꾸짖을 것이다. 하지만 무시하고 꾸준히 내 길을 걷는 모습을 보여주면, 사람들은 당신을 내심 부러워할 것이다. 자신은 용기가 부족해 그 길을 걷지 못한다는 걸 잘 알고 있을 테니까.

그리고 그 걸음을 정말 오랫동안 지속한다면, 당신을 조롱했던 사람들은 결국 박수를 보내줄 것이다. 남들이 만들어 놓은 길에서 빨리 달리는 것보다 훨씬 어려운 건, 새로운 길을 만들어 멈추지 않고 걷는 거라는 걸 잘 알고 있을 테니까.

나만의 속도에 맞춰

나만의 길을 멈추지 않고 걷다 보면,

도대체 왜 하냐고 묻던 사람들이

도대체 어떻게 했냐고 묻기 시작할 것이다.

조금 더 이렇게 살아도 괜찮겠다

나는 작가가 될 생각이 없었다. 출판사를 스스로 만들 거라곤 생각지도 않았다. 커피를 마시지도 않던 내가 카페를 3년 가까이 운영할 거라곤 상상하지도 못했다. 안정성을 최고의 가치로 삼던 부모님의 의견을 무시하고 퇴사를 밥 먹듯이 하며 살아갈 거라곤 전혀 예상치 못했다. 퇴사하고 꽤 오랜 시간 아르바이트, 비정규직으로 생계를 이어나갈지는 더더욱 몰랐다.

스무 살에 생각한 내 서른의 삶은 안정적이고, 부유하고, 타인에게 인정받는 삶이었다. 하지만 과거의 상상과 달리 전혀 그렇지 않은 삶을 살고 있다. 불안정하고, 방황하고, 타인의 인정을 멀리하며 살고 있다. 단 하나도 예상대로 흘러가지 않았다. 단 하나도.

그렇게 예상 밖의 길을 따라 지금의 나이가 됐다. 계획에 없었던 이 모든 과정을 지나 지금의 내가 됐다. 하지만 썩 나쁘지 않다. 목표를 세우고 계획을 세워 그것을 성취해 나가는 삶이 아니라, 다소 무계획적이더라도 순간순간에 집중하며 사는 삶도 나름 괜찮다. 앞으로 조금만 더 이렇게 살아봐도 될 것 같다. 그래도 별일 없이, 지금처럼 즐겁게 살 수 있을 것 같다.

때론 계획에 없던 예상 밖의 길에서,
나의 운명을 발견하기도 한다.

그냥 책임질 수 있는 걸 하세요

"잘하는 걸 해야 하나요? 좋아하는 걸 해야 하나요?" 어딜 가나 듣는 단골 질문이다. 나는 이 질문을 받을 때마다 '사람마다 다른 거지, 그걸 제가 어떻게 아나요.'라고 말한다. 마음속으로.

잘해서 시작했는데 내가 잘하는 게 아니라는 걸 깨닫고 그만두기도 하고, 좋아해서 시작했는데 업이 되니 신물이 나서 그만두기도 한다. 반면, 좋아해서 시작했는데 점차 실력이 붙어 그 분야의 전문가가 되기도 하고, 남들이 잘한다고 해서 시작했는데 생각보다 흥미로워 평생의 업으로 삼는 사람도 있다. 사람의 기질, 환경, 재능에 따라 결과가 달리 나올 텐데, 어떻게 콕 하나를 집어 답할 수 있겠는가.

그래서 나는 차라리 이렇게 답한다. "그냥 당신이 책임질 수 있는 걸 하세요. 좋아하는 걸 하고 싶으면 좋아하는 걸 하고, 잘하는 걸 하는 게 옳다고 생각하면 그냥 그걸 하세요. 결과는 아무도 모르는 거니까요. 대신 그 결과에 대한 책임을 본인이 온전히 떠안을 수 있을지 고민해봤으면 좋겠어요. 잘하는 거, 좋아하는 거 사이에서 아무리 고민해봐야 답은 나오지 않을 테니, 내가 온전히 책임질 수 있고, 덜 후회할 수 있는 걸 택했으면 좋겠어요. 그렇다면 둘 중 뭘 선택해도 자신의 선택에 만족할 수 있을 거예요."

잘하는 걸 선택하지 말고,
좋아하는 걸 선택하지 말고,
책임질 수 있는 일을 선택하세요.

속도가 비슷한 사람

가끔 내가 너무 느리게 걷고 있는 게 아닌가 하는 생각에 불안이 찾아온다. 내 속도에 맞춰 잘 걷고 있다가도 주변 사람들이 무언가를 향해 달려가는 모습을 보면 나도 왠지 그 방향을 향해 뛰어야 할 것 같은 마음이 생긴다. 내 길이 아니라 그들의 길을 걸어야 할 것 같은 생각이 든다.

그럴 땐 나와 비슷한 속도로 걷고 있는 사람들을 만날 필요가 있다. 남들의 속도를 신경 쓰지 않고 묵묵히 자신의 길을 걷는 사람들, 자신의 길에 믿음을 갖고 걸어가는 사람들, 자신의 길에 확신이 넘치지만, 타인의 길도 존중해 주는 사람들을 만나야 한다. 그들과 함께 걷다 보면 불안은 곧 사라질 것이다.

결이 맞는 사람과 대화할 때,

속도가 맞는 사람과 함께 걸을 때,

불안은 줄고 나에 대한 믿음은 커진다.

여러 우물

대학을 다닐 때, 자신의 길을 찾아 그 길을 열심히 걸어가는 사람들을 보면 그렇게 부러울 수가 없었다. 나는 내가 뭘 좋아하는지, 내가 뭘 잘하는지도 모르는데 벌써 한 우물을 깊게 파는 친구들을 보면 참 대단하다고 생각했다. 반면 나이는 먹어 가는데 아직도 뭘 해야 할지 몰라 이곳저곳 기웃거리기만 하고, 이것저것 쑤셔 보기만 하는 내 모습은 한심해 보였다.

졸업하면 달라질 거라고 생각했다. 그쯤이면 평생 파고 싶은 우물을 찾아 아주 깊게, 전문적으로 파고 있을 줄 알았나. 그런데 아니었다. 졸업하고 나서도 나는 이곳저곳 기웃거릴 뿐, 무엇 하나에 정착하지 못했다. 아직 마음을 온전히 담고 싶은 곳이 없었다. 대학생 신분을 벗어나자 "그 나이 먹고 아직도 그러고 있냐."라는 소리가 주변에 맴돌았다. 하지만 여기저기서 삽질하며 깨달았다. 나는 한 우물만 팔 수 있는 사람이 아니라는 걸. 한참을 더 삽질해야 내 길을 찾을 수 있을 거라는 걸.

생각해보니 참 이 우물 저 우물 많이도 파고 다닌 것 같다. 지금의 배고픔보단 미래의 희망을 먹고 사는 스타트업도 다녀보고, 사람들이 좋다던 대기업에도 들어가 보고, 돈보다는 가치를 따른다는 비영리 단체에 있어도 보고, 사기업과는 구조가 달랐던 공공기관도 다녀봤다. 정규직, 인턴, 계약직, 파견직, 아르바이트의 위치도 경험해봤다. 그 나이 먹고 기웃거리느라 비록 깊진 않지만 많은 우물을 팔 수 있었다. 그러다 보니 누군가는 나를 꿈톡의 수장이라 부르고, 누군가는 작가라 부르고, 누군가는 연사라 부르고, 누군가는 출판사 대표라 불렀다. 그래 맞다.

아직도 한 우물을 깊게 파는 건 실패했다. 하지만 나와 어울리지 않는 건 버리고, 나와 어울리는 건 곁에 두면서 나만의 우물을 만들어 가고 있는 것 같기도 하다. 누군가는 여전히 나를 보고 "그 나이 먹고 아직도 그러고 있냐."라고 말하겠지만.

굳이 한 우물을 깊게 파지 않아도 된다는 말을 하고 싶었다. 한 우물을 깊게 파는 사람도 있지만, 여러 우물을 얕게 파며 자신의 우물을 만들어 가는 사람도 있다는 말을 하고 싶었다. 그게 잘못된 게 아니라는 거, 그것 또한 삶을 살아가는 한 방식이라는 걸 말하고 싶었다.

자신의 우물을 발견하는 방식은 저마다 다르다.
그저 방법과 속도의 차이일 뿐이다.

모든 건 흘러가니까

공무원 시험에 자꾸 떨어져 좌절하다가 마지막이라는 심정으로 시험을 쳤던 그는 현재 공무원이 됐고, 주변뿐만 아니라 자기 자신도 결혼은 죽어도 못 할 거라고 생각했던 그는 현재 귀감이 되는 결혼 생활을 하고 있으며, 밥 먹듯이 퇴사를 거듭해서 주변의 걱정을 샀던 누군가는 퇴사 이야기로 강연도 하고 책을 써 내려가고 있고, 창업이 꿈이었지만 창업에 실패해 큰 아픔을 겪었던 그는 현재 한 회사의 직원이 되어 만족스러운 직장생활을 하고 있다.

과거는 저랬을지라도 미래는 이럴 수 있다. 과거가 그랬다고 현재도 그럴 거라는 보장 없고, 현재와 미래가 같을 거라는 보장 없다. 당신이 지금 고통 속에서 허우적거린다고 해서 미래에도 고통에 파묻혀 있을 리 없고, 지금의 산더미 같은 고민이 미래에는 작은 먼지처럼 느껴질 수도 있다. 모든 건 변하고, 모든 건 흘러간다. 지금 당장 해결책이 없다면 꽉 쥐고 있는 손에 조금만 틈을 주자. 그리고 흘러가게끔 살짝 놓아두자.

모든 건 변하니까.
모든 건 흘러가니까.

지금 당장은 속도가 더뎌도 괜찮다.

남들보다 뒤처진다는 생각이 들어도 괜찮다.

뚜렷한 목표 없이 부유해도 괜찮고,

가치관이 흔들려 방황해도 괜찮다.

모든 건 변하고, 모든 건 흘러갈 테니까.

지금의 고민과 방황을 추억하며

웃게 될 날이 결국 올 테니까.

관계 때문에

흔들리는 당신에게

어떤 거울 앞에 서고 싶은가

"타인의 거울에 비친 모습이 행복한 삶을 살 것인가. 내 마음의 거울에 비친 모습이 행복한 삶을 살 것인가." 관계 때문에 흔들렸던 나를 쓰러지지 않도록 붙잡아 준 질문이다.

남들에겐 초라해 보일지라도 나에게 풍족한 삶이면 된다. 남들에겐 느려 보일지라도 내가 즐거운 속도면 된다. 타인의 시선, 타인의 생각, 타인의 마음은 중요하지 않다. 오직 중요한 건 나의 마음이다.

내가 활짝 웃을 수 있는 삶을 살아야 한다.
그래야 세상도 나를 따라 활짝 웃는다.

화가 날 땐
나에게 시간을 줘야 한다

자기 자신 때문에 화가 나는 경우도 있지만, 보통 화는 타인 때문에 발생한다. 사랑하는 사람과의 사소한 다툼 때문에, 친구와의 갈등 때문에, 부모님과의 가치관 차이 때문에.

나도 어떤 이유에서든 종종 화를 내는 상황이 생기는데 그때마다 쉽게 저지르는 실수가 있다. 화가 난 상태로 상대와 대화를 이어 나가려고 하는 것이다.

화가 났다는 건 이성보다 감정이 앞선다는 것이고, 이성보다 감정이 앞선다는 건 상대와 온전히 대화할 상태가 아니라는 것이다. 이를 뻔히 알면서도 순간의 화를 어찌하지 못하고 그 자리에서 화의 원인을 해결하려고 하는데, 매번 해결은커녕 상황만 더욱 악화시키고 만다.

사실 화가 났을 땐 상대와의 대화보다 침묵을 선택하는 게 낫다. 상대와 거리를 좁히기보다 충분히 거리를 두는 게 낫다. 홀로 산책을 다녀와도 되고, 운동을 좋아한다면 운동을 다녀와도 된다. 조금 더 긴 시간이 필요하다면 홀로 여행을 다녀올 수도 있다. 중요한 건, 내 감정이 제자리를 찾을 때까지 시간을 주는 것이다.

이누이트인은 상대와 다투거나 화가 나면 추운 얼음길을 계속해서 걷는다고 한다. 화가 풀릴 때까지 걷다가 화가 풀리면, 돌아오는 길에 화의 원인을 이성적으로 생각한다고 한다. 화가 난 상태로 상대를 대하는 게 아니라 화가 풀릴 때까지 자신에게 충분한 시간을 주는 것이다.

상황을 빨리 해결하고 싶은 욕심에 화를 안은 상태로 대화를 고집하는 건 상황만 악화시킬 뿐이다. 화가 날 땐 상대에게 그리고 나 자신에게 시간을 줘야 한다. 감정이 제자리를 찾아갈 때까지, 상대와 이성적으로 대화할 수 있을 때까지 충분한 시간을 줘야 한다.

상처 입은 서로의 감정을 풀기 위해 필요한 건,
감정적인 대화가 아니라 감정을 가라앉힐 시간이다.

연애

처음일수록 자신과 잘 맞는 상대를 찾는다. 성격 비슷하고 가치관도 잘 맞고, 취미도 비슷하면 더 좋고. 누구나 희망할 수는 있다. 하지만 실제로 그런 사람을 만날 확률은 거의 없다고 본다.

예전엔 성별만 다른 '제2의 나'가 어딘가에 존재한다고 생각했다. 하지만 인생은 환상을 허무는 과정이라고 했던가. 그런 사람은 존재하지 않는다는 사실을 일찌감치 깨달았다. 중요한 건 나와 꼭 맞는 사람을 찾는 게 아니라, 내가 맞춰갈 수 있는 사람을 만나는 것이었다. 성격이 조금 달라도 양보해 줄 수 있고, 가치관이 달라도 이해해 줄 수 있고, 취미가 다르면 상대와 함께하기 위해 새로운 취미를 배울 수 있는 그런 사람. 다른 점이 있다고 해서 돌아서는 게 아니라 다른 점을 좁히기 위해 노력할 수 있는 사람. 서로 다른 사람이 만나 서로의 다름을 좁혀나가는 게 연애라는 걸 깨달았다.

누구나 다르다. 아무리 마음 잘 맞는 친구라도 며칠을 같이 살면 다른 점을 발견하기 마련이다. 나를 낳아준 부모님과 같이 살면서도 서로 다른 점에 다투는 게 인간이다. 연인이라고 다를 게 있겠는가. 완벽히 맞는 사람을 만나 충돌 없이 살아가고자 하는 희망은 마음의 벽만 만들 뿐이다. 서로의 다름을 인정하고, 이해하고, 좁히고자 노력하는 과정, 그것이 곧 연애다.

서로 다른 두 사람이 만나,
서로를 인정하고 이해하며 노력하는 과정을 통해,
서로의 영혼을 공유할 수 있는 관계가 된다.

만나야 할 사람

밀고 당겨야 마음을 얻을 수 있는 상대가 아니라, 온전히 줬을 때 그 마음을 받을 수 있는 상대를 만나야 한다. 아낌없이 줬을 때 버림 없이 받을 수 있는 사람을 만나야 한다. 마음과 마음 사이에 벽을 세우는 사람이 아니라, 마음과 마음이 통할 수 있는 길이 있는 사람을 만나야 한다. 그런 사람을 만났을 때 내가 진정으로 사랑받고, 사랑한다는 느낌을 받을 것이다.

머리가 아닌 마음이 통하는 사람을 만날 때
사랑은 환하게 피어난다.

자기애의 부족

자기 자신을 사랑하는 마음이 부족해서 오는 공허함을 타인의 사랑으로 채우려 한다면, 공허한 마음은 더 커질 뿐만 아니라 타인의 마음마저 공허하게 만들 것이다.

구멍 난 독에 물을 붓는 게 아니라,
구멍 난 독을 스스로 메꾸는 게 우선이다.

받기만 바랐던 사람

어떤 목적이 있을 때만 나를 찾는 친구가 있었다. 그럴 수 있다고 생각했다. 나도 누군가와 연락을 잘 하지 않다가 도움이 필요할 때 연락하는 경우가 가끔 있기 때문이다. 난 그게 큰 문제라고 생각하지는 않는다. 서로의 가치를 주고받는 것 또한 좋은 관계라고 생각하기 때문이다. 하지만 나는 그와 멀어질 수밖에 없었다. 그는 받기만을 바랐기 때문이다.

그는 내가 종종 건네는 간단한 안부 인사에 답하지 않았다. 누구에게나 물어볼 수 있는 사소한 질문에도 귀찮은 듯 대답하지 않았다. 바빠서 그럴 수 있다고 생각했다. 그러나 몇 달이 지나 갑자기 내게 안부를 물으며 도움을 요청했을 때, 나는 그가 바빠서 내 연락을 무시한 게 아니라는 걸 깨달았다. 그에게 있어 관계는 주고받는 게 아니라, 자신이 필요할 때만 받고자 하는 이기적인 거래였다는 걸 깨달았다. 그 덕분에 거리를 둬야 할 사람이 어떤 유형의 사람인지 깨닫게 됐다.

주는 건 손해라고 생각하고,
받는 건 당연하다고 생각하는 사람만 피해도,
관계에서 오는 피로를 줄일 수 있다.

질투

당신을 질투하고 헐뜯는 사람들의 속을 자세히 들여다보면, 사실 그들이 싫어하는 건 당신이 아니라 자기 자신이다. 자기 자신에게는 없고 당신에게만 있는 그 무언가를 내심 부러워하며, 그런 능력이 없는 자기 자신을 미워하는 마음에 당신을 질투하는 것이다.

능력 있는 사람은 자신을 위해 시간을 쓰지만,
능력 없는 사람은 타인을 질투하는 데 시간을 쓴다.

누군가는 채찍질로 나아가고
누군가는 채찍질로 죽어간다

'괜찮아' 식의 조언이 오히려 청년을 죽인다고 말하는 사람들이 있다. 남 듣기 좋은 소리 해봐야 계속 회피하고 도피하게 도와주는 꼴밖에 안된다고 한다. 그러면서 듣기 좋은 소리는 일시적이지만, 쓴소리는 영원히 간다는 말도 덧붙인다. 맞는 말이다. '누군가에겐' 말이다.

앞으로 나아갈 의지가 있고, 자신의 무기력함을 타파해 줄 누군가를 찾고 있는 사람에겐 쓴소리가 약일 수 있다. 썩은 정신 상태를 바로 잡고 싶은 사람에겐 채찍질이 제격일 수 있다. 그런 사람은 누군가의 쓴소리와 강한 채찍질을 감사히 여기며, 그것을 동기부여 삼아 앞으로 나아갈 수 있다. 하지만 같은 채찍질이라도 누군가에게는 독이 될 수 있다.

거듭된 취업 실패에 자존감이 바닥까지 떨어진 상태의 누군가에겐, 타인으로부터 씻을 수 없는 상처를 받아 늪에 빠진 누군가에겐, 삶의 의미를 찾기 힘들어 자기만의 동굴 안에 갇혀 있는 누군가에겐 채찍질이 약이 될 수 없다. 다 너 잘 되라고 하는 말이야, 라며 퍼붓는 쓴소리와 충고는 가까스로 붙잡고 있는 동아줄을 끊어버리는 것과 같다. 제대로 설 힘도 없는 사람에게 '그것밖에 안 돼?' 식의 충고는 독이나 다름없다.

사람들이 주장하는 것처럼 막연한 위로는 누군가를 나태하게 만들 수도 있다. 하지만 상대 가리지 않고 난사하듯 쏘는 쓴소리는 누군가를 죽일 수도 있다. 모두에게 좋고 나쁜 조언은 없다. 저마다 필요한 조언이 다를 뿐이다.

상대에게 필요한 건 생각하지 않고

자신의 주장을 펼치는 것에만 열중하는 사람을

우리는 '꼰대'라고 부른다.

사람을 볼 수 있는 눈

좋은 사람을 만나려면 먼저 좋은 사람이 되어야 한다는 말이 있다. 그런데 사람은 참 좋지만, 믿었던 사람에게 뒤통수를 맞고 괴롭힘을 당하는 사람들을 보면 이런 생각이 든다. 무작정 좋은 사람이 되는 것보다는 좋은 사람을 보는 눈이 필요하다는 생각.

좋은 사람을 만나기 위해선 내게 어떤 목적을 가지고 다가오는지 볼 수 있는 눈이 필요하고, 그 목적이 순수한 의도인지 불순한 의도인지 파악할 수 있는 눈이 필요하다. 사람을 보는 눈 없이 무작정 좋은 사람이 되려 노력만 하다가는 불순한 의도를 가진 사람에게 상처받기 딱 좋으니까.

나에게 좋은 마음을 주는 사람에게만,

나에게 진실된 마음으로 다가오는 사람에게만,

내 마음을 내어줘도 충분하다.

과한 사람이 부담스러워졌다

다 그런 건 아니다. 하지만 내가 만난 사람 중엔 그런 사람이 많았다. 초반엔 모든 걸 태워버릴 듯한 열정을 뿜어내지만, 후반엔 심지마저 태워버린 탓에 불이 꺼지는 그런 사람.

시작부터 과한 사람이 부담스러워졌다. 모든 걸 다 할 수 있다고 말하는 사람이 부담스러워졌다. 걱정하지 말고 맡겨만 달라고 호언장담하는 사람이 부담스러워졌다. 열정의 크기는 눈에 보일 수 있지만, 열정의 지속성은 눈에 보이지 않으니까.

이 또한 다 그런 건 아니다. 하지만 내가 만난 사람

중엔 그런 사람이 많았다. 열정을 보여주려 입을 열지 않는 사람. 가끔은 그 모습이 열정이 없는 것처럼 오해를 사게 만드는 사람. 그런 사람이 오래 남았다. 초반엔 존재감이 없지만, 후반엔 존재하지 않으면 안 될 사람이 돼 있었다.

언젠가부터 초반부터 과한 열정을 보여주는 사람이 부담스러워졌다. 보이는 게 전부가 아니라는 걸 알게 돼서. 내가 볼 수 없는 게 여전히 많다는 걸 알게 돼서.

남에게 보여주기 위해 열정을 쏟는 사람이 있고,
열정을 모아 성과로 보여주는 사람이 있다.

계산적일 필요가 없는 사람

정말 계산적인 친구가 있다. 셈도 빠르고 자기에게 이익이 되는 일과 손해가 되는 일을 그 누구보다 잘 구분한다. 이성적이고 합리적인 친구다.

하지만 그 친구가 이성과 합리성을 잃을 때가 있다. '자기 사람'을 챙길 때다. 그들과 밥을 먹을 땐 항상 지갑을 먼저 열고, 술자리에서도 남들이 보지 않을 때 몰래 계산을 먼저 하곤 한다. 본인이 아끼는 사람과 함께 하는 자리에선 그 누구보다도 비합리적이고 감성적인 사람이 된다. 그 친구를 보면서 생각한다. '모든 사람에게 좋은 사람이 될 필요는 없구나. 대신 내가 좋아하는 사람에게는 더 좋은 사람이 되면 좋겠구나.'

계산적이지만, 내 사람에게는 계산을 모르는 사람이 되고 싶다. 이성적이지만, 내 사람에게는 감성적인 사람이 되고 싶다. 덜 소중한 것과 더 소중한 것을 잘 구분할 수 있는 사람이 되고 싶다.

머리가 셈을 하기 전에 마음이 손을 내미는 관계.
그게 진정한 우정 아닐까.

무조건 할 수 있다는 응원

나를 무조건 응원해주는 사람이 점점 줄어들기 때문에 나이를 먹으면 실행력이 떨어진다고 말하는 친구의 말에 적지 않은 공감을 했다. 친구는 이렇게 말했다.

"예전엔 이상을 향해 나아가는 내게 '할 수 있어.'라고 말해주는 사람이 많았는데, 나이를 먹어갈수록 그 말 듣기가 힘들어지는 것 같아. 내게 무조건 응원을 보내주는 사람들이 점점 없어지더라고."

공감했다. 현실의 무게를 이겨내기에 급급한 사람들 사이에서 이상을 말하는 횟수는 줄어들기 시작했다. 예전엔 함께 이상을 외쳤는데 이제는 홀로 이겨내야만 했다. 그래서 힘이 빠졌던 게 아닌가 싶다.

내게 "할 수 있어."라고 말해주는 사람이 줄어들어서. 누군가의 응원 없이 홀로 이겨내야 해서. 혼자만 이상을 향해 가는 것 같아서. 나도 그들 사이에서 점점 현실의 무게를 느껴가는 것 같아서. 그래서 무언가를 시작하는 게 점점 힘이 빠지고, 귀찮고, 두려워지는 게 아닐까.

할 수 있어.
이유는 없어.
그냥 너라서.
그래서 할 수 있어.

모두를 설득하려다 보면
삶이 피곤해진다

보여주지 않으면 믿지 않는 사람이 있다. 그들에겐 내 꿈이나 가치를 말해도 소용없다. 터무니없는 소리 말라, 현실을 자각해라 따위의 영양가 없는 충고만 돌아온다. 그들이 필요로 하는 건 숫자, 성과, 물질이다. 보여주지 않으면 믿지 않는 그들을 설득하는 건, 시간 낭비일 뿐이다.

보여주지 않아도 믿는 사람이 있다. 아니, 보여줄 필요가 없는 사람이 있다. 아무것도 보여줄 게 없지만, 나라는 사람을 그저 믿고 응원해 주는 사람이다. 나의 성과나 성공 여부는 그들에게 중요하지 않다. 중요한 건, 나라는 사람의 존재 여부다.

어느 순간 보여주지 않으면 믿지 않는 사람들을 설득하는 시간이 아깝다는 생각이 들었다. 그럴 시간에 나를 믿어주는 사람들에게 한 번이라도 더 다가가는 게 낫다고 생각했다. 나의 사용 가치가 아니라 나의 존재가치를 생각해 주는 사람들에게 보답해야겠다고 생각했다. 모든 사람에게 나 자신을 증명해야 하는 피곤한 삶을 버리기로 했더니 마음이 한결 가벼워졌다.

나의 사용 가치가 아니라,
나의 존재 가치를 생각해주는 사람.
그런 사람에게 더 많은 시간을 쓰며 살아가야지.

오랜만에 봐도 어색하지 않은 사람

정말 오랜만에 만나도 전혀 어색하지 않은 사람이 있다. 오랫동안 해외에 있다 들어와도 항상 곁에 있었던 것만 같은 사람이 있고, 몇 년 동안 연락이 끊겼다가 연락이 닿아도 바로 어제 만난 것만 같은 사람이 있다.

내게도 그런 친구가 있다. 그들을 떠올리며 그 이유가 뭘까 곰곰이 생각해봤다. 그와 만난 기간이 오래돼서도 아니고, 만난 횟수가 잦아서도 아니었다. 정말 오랜만에 만나도 그가 전혀 어색하지 않은 이유는, 그와 내가 핵심 가치를 공유했기 때문이었다.

남들에겐 쉽게 꺼내지 않지만 내겐 정말 중요한 가치, 다른 사람들은 잘 이해해주지 않지만 내겐 정말 소중한 가치, 오랜 시간이 흘러도 변하지 않을 핵심 가치를 그와 공유했기 때문이었다.

만남의 빈도가 우정을 만드는 게 아니라,
서로의 가치를 공유한 시간이 깊은 우정을 만든다.

진짜 소중한 사람

결과를 함께 하는 사람이 아니라

과정을 함께 했던 사람이,

과정 이전에 시작을 함께 했던 사람이

진짜 소중한 사람입니다.

당신의 마음엔 병이 있군요

언론 인터뷰를 한 적이 있다. 하필 그 기사가 포털 사이트 메인에 걸려 무려 600개의 악플을 받았다. 참 재미난 경험이었다.

악플의 유형은 참 다양했다. 퇴사를 다섯 번 했다는 문장에 '나는 또 정규직 다섯 번인 줄 알았네. 계약직 퇴사를 누가 퇴사로 치나요?'라는 식의 악플이 달렸다. 스물 후반의 나이에 계속 방황하며 살아간다는 문장엔 '금수저니까 가능하겠지.'라는 식의 악플이 달렸다. 비영리로 꿈톡을 운영한다는 문장엔 '청년들 이용해 돈 버는 장사꾼'이라는 악플이 달렸다. 참 재밌었다. 그들의 문장해석 능력이 이렇게나 다양할 수 있다는 사실이 참 신기했다. 내게 괜찮냐며 연락을 한 친구가 있을 정도로 악플은 끊이지 않았다. 근데 난 정말 괜찮았다. 남의 싸움 구경하듯 댓글을 하나씩 읽었다. 최대한 '그렇게 생각할 수 있지.'라는 마음으로 보려고 노력했다. 문장, 상황을 해석하는 건 그들의 자유니까.

밑도 끝도 없이 오로지 나를 비난하는 게 목적인 것만 같은 댓글들을 보면서 이런 생각을 했다. '이분은 왜 이렇게 마음이 꼬였을까? 마음에 병이 있는 분이구나.'하고 최대한 연민의 정을 발휘하려고 노력했다. 그럼 그 사람에게 측은한 마음이 생겨 넘길 수 있었다. 실제로 마음의 병을 앓고 있을 수도 있으니까.

언론 기사에 달린 악플만이 아니다. 우리 주변엔 항상 우리를 비방하는 사람들이 있을 것이다. 알맹이는 보지 않고 주변의 흠집을 찾아 상처를 내려는 사람들. 그런 사람들 때문에 상처받는 일이 종종 생길 것이다. 그럴 때마다 내가 받은 상처를 갚아 주고 싶을 것이다. 하지만 그런 사람들에게 에너지를 낭비하면 결국 손해 보는 건 나다.

그래서 나는 오늘도, 내일도 이렇게 생각하며 살아가려 한다. '그래. 생각하는 건 자유니까. 그렇게 생각할 수도 있지.' 또는 '아이고. 당신의 마음엔 병이 있군요. 참 안타깝습니다.'하고.

비난은 관심을 먹고 자란다.
나를 모르는 타인이 내는 소음에 귀를 기울이면,
그 소리는 점점 더 커지고 흉악해진다.

무시해도 되는 조언

조언, 참 많이도 한다. 때론 이 사람이 진심으로 나를 위해 조언하고 있는 건지 아니면 단지 자신의 주장을 내세우고 있는 건지 헷갈릴 때가 있다. 그럴 땐 확인하는 방법이 있다. 상대의 조언을 반박하는 것이다.

진짜 당신을 위해 조언하는 사람이라면, 자신의 조언을 반박한다고 해서 화내지 않을 것이다. 당신의 의견을 존중할 것이다. 하지만 그게 아니라면, 자신의 조언을 받아들이지 않는다고 화를 낼 것이다. 당신을 어리석다고 생각하고, 당신을 설득하기 위해 자신의 주장을 더 내세울 것이다.

조언은 상대를 향하고, 주장은 자기 자신을 향한다. 자신의 조언과 다른 당신의 생각에 열을 내는 사람들은, 애초에 당신을 위한 조언을 하고 싶었던 게 아니다. 그냥 자신의 의견으로 당신을 설득하고 싶었던 거다. 그냥 자신의 의견이 옳다는 걸 보여주고 싶었던 거다. 그러니 그런 조언 아니, 그 사람의 주장은 무시해도 된다.

주장할 땐 입을 열고 조언할 땐 귀를 열어야 한다.
주장은 자신을 향하고 조언은 상대를 향한다.

인정받지 않아도 충분해요

내가 꿈꿨던 일을 이뤘는데 사람들이 그 가치를 몰라줘서 화가 난다는 고민을 들었다. 타인으로부터 인정받고 싶지만 인정받지 못해 답답하다는 고민이었다. 난 그에게 이렇게 답했다.

"중요한 건, 자신이 생각하는 가치 있는 일을 꿈꿨고, 그걸 이뤘다는 사실입니다. 굳이 남들로부터 인정받아야 할 필요는 없다고 생각해요. 혹시 남들에게 인정받기 위해 그 일을 시작했다면 할 말은 없지만, 그건 아닐 거라고 생각합니다.

사람들 저마다의 가치는 모두 달라요. 물론 당신의 가치를 알아주는 사람도 있겠지만, 당신이 가치 있다고 생각하는 무언가가 남들에겐 굴러다니는 돌만큼 무가치한 걸 수도 있어요. 그건 화가 나거나 슬픈 일이 아니에요. 당연한 거예요. 반대로 당신도 누군가의 가치를 쓸모없다고 생각할 수 있는 일이고요.

중요한 건, 타인에게 휘둘리지 않고 자신이 중요하다고 생각하는 그 가치를 추구했다는 사실이에요. 당신이 가치 있다고 생각하는 일을 이뤘다는 사실 그 자체란 말이에요. 인정받지 않아도 충분해요. 그것만으로도 충분합니다."

타인에게 인정받지 않아도 괜찮다.
내 가치를 나 스스로 인정해주면 된다.

시간 낭비

자기 삶에 재미를 느끼지 못하는 사람이 꼭 자신과는 상관도 없는 타인의 삶에 관심을 쏟는다. 자기 삶을 잘 사는 사람은 타인의 삶에 별로 관심이 없다. 내 삶의 행복을 채우기도 바쁜데 타인의 삶을 보고 배 아플 시간이 있겠는가. 내 삶의 고난과 맞서 싸울 시간도 부족한데 타인의 불행을 안줏거리로 씹을 시간이 있겠는가.

삶에 재미를 느끼지 못하는 사람이 꼭 자신과는 상관도 없는 타인의 삶에 관심을 쏟는다. 자기 삶을 어떻게 해야 할지 몰라서, 삶을 초월한 사람인 척 관조적인 자세로 타인의 삶을 재단한다. 타인의 삶을 패배의 구렁텅이로 끌어내리려 온갖 노력을 다한다.

타인의 불행을 자신의 기쁨으로 삼는 사람이야말로
세상에서 가장 불행한 사람이다.

상대적인 것

가치라는 건 절대적이며 객관적일 수 없다. 나에게 좋은 가치가 남에겐 최악의 가치일 수 있고, 나에겐 최악의 가치가 남에겐 최고의 가치일 수 있다. 가치는 현상에 대한 각자의 해석일 뿐이다. 그 해석은 지극히 주관적이며 상대적이라는 걸 이해해야 한다. 그게 상대의 가치 판단에 상처받지 않고, 나와 가치가 다른 상대에게 다가갈 수 있는 길이다.

다름을 틀림으로 해석하는 어리석음 때문에
대부분의 다툼이 시작된다.

떠나는 사람, 남는 사람

거래가 목적이었던 사람은 거래가 끝나면 떠나고
관계가 목적이었던 사람은 거래가 끝나도 남는다.

모두가 박수칠 때 오는 사람이 아니라,
모두가 관심을 거둘 때 곁에 남는 사람이 진짜다.

관계 쓰레기통

별로 버릴 게 없다고 생각했지만 집을 정리하는데 100L 쓰레기봉투 3장을 썼다. 몇 년 동안 쓰지 않았던 필기구, 언젠간 입을 거라고 했지만 손도 대지 않아 곰팡이가 핀 가죽 재킷, 쓸데없이 넘쳐나는 잡다한 식기류 등등. 별것도 아닌 물건들이라 잘 신경 쓰지 않았던 것들인데, 버리고 나니 마음이 홀가분해졌다. 사소한 것을 버리고 나니 마음이 가벼워졌다.

물건뿐만이 아니다. 주변의 관계도 마찬가지다. 언제 주고받았는지 기억도 나지 않는 연락처들, 사소한 도움이라도 될 것 같아 가까스로 유지하고 있는 인맥들, 나에게 작고 큰 상처를 줬지만 오래됐다는 이유로 놓지 않고 있던 지인들, 나를 꽉 채워주는 것 같지만 사실은 나를 갉아먹고 있던 관계들. 그런 관계에도 쓰레기봉투가 필요하다. 쓰레기봉투에 물건 버리듯 그런 관계도 하나둘 정리하다 보면 두 가지 이유로 깜짝 놀라게 될 것이다.

'내 주변에 이렇게 많은 관계가 얽혀 있었어?'
'정리하고 나니 이렇게 홀가분해질 수가.'

안 그래도 복잡하고 머리 아픈 삶. 겉으로 드러나는 화려한 사람들 보다, 내 안을 들여다볼 수 있는 따뜻한 사람들만 남겨두는 게 어떨까? 사소한 인간관계를 정리하기 위해 쓰레기봉투를 준비해 보는 건 어떨까?

무엇이 필요한지 무엇이 불필요한지,
덜어내고 나면 비로소 보인다.

놓아버려야 할 관계

타인에게 억지로 맞추려고 하지 마세요. 스트레스받으며 맞춰야 할 관계라면 놓아버리는 게 낫습니다. 그냥 자기 자신을 온전히 드러내세요. 그렇게 온전한 내 모습을 드러냈을 때 다가오는 사람을 곁에 두세요. 그게 진정 당신이 원하는 인연일 테니까요.

일방적으로 맞추려고 노력하는 게 아니라
서로 노력하다 보면 자연스레 맞춰지는 게 인연이다.

복수보다 보답

나를 무시했던 사람들의 코를 납작하게 만들어주리라는 복수심이 낳은 열정은, 그 목적을 다하면 금세 꺼져버린다. 반면, 내 존재 자체를 응원해 주는 사람들에게 꼭 보답하리라는 감사함이 낳은 열정은, 그 목적을 다해도 여전히 활활 불타오른다. 같은 열정이라도 어떤 대상을 향하고 있느냐에 따라 지속성의 길이가 달라진다.

타인의 악의에 복수하는 삶이 아니라,
타인의 감사함에 보답하는 삶을 살아야지.

다수가 아닌 소수

예전엔 다수에 속하고 싶었다. 새로운 그룹에서 새로운 사람들과 새로운 대화를 나누는 게 즐거웠다. 그게 곧 즐거움의 원천이라고 생각하기도 했다. 그런데 언젠가부터, 아마 서른 중반에 가까워지면서부터 그런 관계에 약간의 회의감을 느끼기 시작했다.

어느 날, 휴대폰의 주소록을 물끄러미 쳐다봤다. 3,000여 명에 가까운 사람들이 있었다. 대부분은 내가 운영하던 커뮤니티에 오갔던 사람들이었다. 그중 2,700명 정도는 몇 년간 전혀 연락하지 않은, 앞으로도 연락할 일이 없는 사람들이었다. 새로운 만남은 있었지만, 진중한 관계는 없었다. 스쳐 가듯 만난 관계라 스쳐 가듯 이별한 것이다.

누가 누구인지도 모를 수많은 번호 속에서 내가 정말 소중하게 생각하는 소수의 사람을 찾으려 했다. 다수에 가려 소중한 사람들의 연락처를 찾기가 힘들었다. 수북이 쌓인 먼지 때문에 제목이 보이지 않는 책을 찾는 기분이었다. 묵혀 있던 먼지를 청소하기로 했다. 2,700명 정도의 연락처를 모두 삭제했다. 다수를 지우고 소수를 남겼다.

그날 이후로 내 휴대폰 주소록엔 새로운 사람이 별로 추가되지 않았다. 덕분에 아끼는 사람들에게 안부를 더 자주 묻게 됐다. 덕분에 소중한 사람들의 소식을 더 자주 확인하게 됐다. 다수에 가려 소홀히 했던 소수의 관계, 진짜 관계를 챙기게 됐다.

아무리 가벼운 관계더라도 맺고 끊음의 과정에서 에너지는 소모되기 마련이다. 그동안 새로운 그룹에 속하면서, 새로운 사람을 만나면서 알게 모르게 에너지를 빼앗겨 왔는지도 모른다. 앞으로도 정말 소중한 소수를 챙기는 삶을 지향할 것 같다. 다수에게 에너지를 뺏겨 소중한 사람을 잃는 삶을 지양할 것 같다. 나이가 들수록 다수보다는 소수에 속하고 싶다. 관계의 폭보다는 깊이를 키울 수 있는 사람이 되고 싶다.

인생의 무거운 무게를 견디는 데는
단 한 사람의 진심 어린 응원만으로도 충분하다.

모욕감을 주는 사람에게

직장에서 인격적으로 모욕감을 받았다는 고민이 들어왔다. 너무 화가 나서 이를 악물고 버텼지만, 나 자신이 너무 초라해진다는 고민이었다. 사실 한 명으로부터 받은 고민이 아니다. 많은 사람에게 비슷한 고민을 받았다. 그분들에게 해주고 싶은 말을 이곳에 쓴다.

"직장생활을 하면서 참지 말아야 할 선이 있다면, 누군가 내게 인격적으로 모욕감을 줄 때라고 생각해요. 일과 관련 없는 걸로 누군가 당신에게 모욕감을 준다면 참을 필요 없어요. 아니, 참지 말아야 해요. 그거 계속 참으면요. 만만해 보인다고 계속 괴롭힐 거예요. 실제로 제가 겪은 팀장 중에 그런 사람이 한

명 있었어요. 만만해 보이는 직원 한 명 정해서, 팀원들 보는 앞에서 본보기로 갈구던 사람. 그 직원은 별 잘못도 없었어요. 그냥 재수 없게 걸린 거죠. 그럴 땐, 고개 숙이지 말고 반박했으면 좋겠어요. 일하러 간 거지, 욕 받으러 다니는 거 아니잖아요."

부디 끈기랍시고 그런 모욕감을 주는 곳에서 이 악물고 버티지 않았으면 좋겠다. 매번 말하지만 버팀과 끈기는 엄연히 다른 거니까. 그리고 일에 앞서 사람이 있는 거니까. 사람 같지 않은 사람이 내 인격을 짓밟는다면, 그걸 당연하게 여기는 곳이라면, 거긴 버틸 가치가 없는 곳이다.

타인의 화살이 어딜 향해 있는지 잘 봐야 한다.

내 과오가 아니라 나 자신을 향해 있다면,

그 화살은 견디지 말아야 한다.

부러뜨려야 한다.

관계의 중심

관계 때문에 흔들린다는 고민을 많이 받는다. 각자의 사연은 다양하다. 하지만 그 다양함 속에서도 공통점을 발견할 수 있다. 자기 자신과 가깝지 않은 사람이 타인과의 관계에서도 많이 흔들린다는 것이다.

나에 대한 믿음이 부족한 사람이 상대를 의심한다. 나에 대한 애정이 부족한 사람이 상대에게 집착한다. 자기 자신에 대한 마음의 벽이 높은 사람이 타인과의 관계에서도 마음의 벽을 쌓는다. 모든 관계의 중심은 상대가 아니라 나에게 있다. 나는 그 사실을 늦게 깨달았다. 그래서 관계가 흔들릴 때마다 상대를 탓했다. 상대의 잘잘못을 따졌다. 상대의 행동이 내가 원하는 방향으로 개선되어야만 나아진다고 믿었다. 하지만 전혀 그렇지 않았다. 상대에게 상처만 주고 나 자신만 더 힘들어질 뿐이었다. 주로 문제는, 상대가 아니라 나 자신에게 있었기 때문이다.

관계의 중심은 나다. 관계 앞에서 흔들린다면, 관계를 흔들리게 만든 사건을 따지기보다 내가 지금 어떤 상태인지 살펴볼 필요가 있다. 설령 모든 원인이 상대에게 있다고 생각할지라도 그래야만 한다. 어차피 상대의 마음은 내가 고쳐 쓰기 힘들기 때문이다. 변화시킬 수 있는 건, 상대가 아니라 나 자신이기 때문이다.

타인과의 관계에 앞서 내가 바로 서야 한다.
내가 바로 서야 관계가 바로 설 수 있다.

시작과 끝

현실과 이상

버팀과 그만둠

사이에서 불안한 당신에게

틀린 선택은 없습니다.

각자의 선택이 있을 뿐이죠.

그 정도로 충분히 고민했다면

그것이 곧 최선의 선택일 것입니다.

이러지도 저러지도 못하는 당신에게

초판 1쇄 발행 2019년 10월 28일
초판 11쇄 발행 2022년 8월 22일
개정판 1쇄 발행 2024년 2월 20일

지은이 강주원
펴낸이 강주원
펴낸곳 비로소

전자우편 biroso_publisher@naver.com
등록번호 2019년 9월 10일(제2019-000030호)

ISBN 979-11-984044-1-1 03810